再見，神祕島

N
W　E
S

王　華◎著
李月玲◎圖

名家推薦

李偉文（少兒文學名家）：

當代的孩子出生時已是全球化的時代，他們習慣透過網路與行動裝置時時刻刻與全世界相聯繫，吃的穿的用的，也都是來自於全世界的共同品牌，因為身處其中，因而不知道世界原本不是這個樣子的，也不明白其實我們可以有不同的選擇。《再見，神祕島》背後的企圖是對當代科技烏托邦的反省，但是卻透過一個非常古老的行業與傳統的冒險故事來傳遞，希望孩子們看了小說之後，能夠重新看到人的力量，而科技只是用來協助我們，而不是左右我們全部的思想與判斷。

黃秋芳（少兒文學名家）：

「反烏托邦」的未來寓言，是文學史上不可能退燒的永恆命題。當翻譯文學以套書型態一次又一次翻新各種嶄新嘗試，海島「引水人」的特殊背景，在翻騰的海流裡，接引出帶著東方史詩般的海洋戰記。神祕島，再見了！其實，每一個活在「此時此地」的人，都沒有打算說再見，風雨中響起戰鼓，身後一艘艘船艦，彷彿驚人動地的序章，迷霧中，還沒揭露的未來，讓人期待。

目錄

引水人，協助船隻入港的人員，需考量氣象、水文、港口形勢、以及船隻大小噸位等等因素，協助船長作出航速、方位等判斷，以使該船隻順利入港、靠岸停泊。

由於肩負船上貨物及人員的安全，以及港口的安危，每一個判斷和決定都得經過專業且謹慎的考量，在在考驗著引水人的各項專業知識，同時實務經驗更須老道純熟，並且擁有處變不驚的性格，因此引水人的考試資格其中一項便規定為需擁有多年以上船長經驗，而事實上，引水人考試的困難度，也的確讓許多年輕人挫敗。引水人多由上了年紀且資歷深厚的船長所擔任。

不論氣候、海象多麼險峻，引水人依然得搭乘領港艇出海，並攀爬領港梯至該船隻，再由該船人員引領至駕駛台，引導船隻順利入港。

引水人攀爬該船水手垂吊於船身的領港梯時，時而遇上顛簸大浪，加以濕滑陡峭，不時險象環生，考驗的是引水人的膽識和體能。

引水人的資格難以考取，往往百人之中只錄取個位數，甚至無人錄取……而這樣的職業在數年之後，雖無明定取消，卻因全面化的電腦導航系統建置，逐漸地在眾人的心中消失了……

——記錄於二〇四四年

1

一日之晨

一早，天還沒亮，外頭天色還很昏暗，黑髮少年霍地從被窩中起身。

憑著記憶和習慣，他半瞇著眼走進廁所內，站在洗手台前刷牙洗臉，動作迅速，毫無浪費，乾淨的水在船上是稀有且珍貴的。

走回房間，眼睛已經睜開了，精神回復了。打開燈，他習慣地坐在桌前，翻開手掌大的電子黑板，點按螢幕翻讀著昨天、前天、大前天寫下的日記。

雖然在海上的日子相當無聊，但他習慣睡前在電子黑板內寫字，寫些心情的話語、生活中的瑣事也好，甚至是記錄晚上吃了哪些「不一樣」的高麗菜。

昨晚的高麗菜多了蒜頭，前晚的高麗菜口感偏硬，大前晚的高麗菜葉片剁得略碎。因為嘗試記錄，強迫回想，讓他的每一天都變得不一樣。

閱讀完前幾日發生的點點滴滴，他關閉電源。站起身，走到衣櫃前，拿起用衣架懸掛得平整的橘黃色制服，那是象徵「船長」身分的制服。

換上制服，在鏡子前看了看自己，修剪得平整的短髮，眉宇間沒有多餘的雜毛，乾淨年輕不脫稚氣的臉龐，怎麼也令人想不到這人已經擔任了近六年的船長！

看床邊的時鐘顯示凌晨四點二十八分，他從床頭櫃拿起一個耳罩戴上，連接耳罩的弧狀塑膠桿中央有個不易查看到的圓洞，從圓洞中投射出一道藍光，緊接著牆上已經出現一張年輕姣好女生的臉，中長

髮滑順地披在肩膀上，戴著一副細黑框的眼鏡。

「早安，船長，歡迎抵達蓋興港。」對方用著客氣有禮的語調說。

「早安，海象號預計於，」沒有等少年船長說完，對方便接著說：

「預計於五點抵達外海，由於今日入港船隻較多，得請您多多見諒，稍事等待。估計海象號於五點五十五分停泊蓋興港，六點二十五分整卸貨完畢。請於五點三十分準時開啟自動導航系統。」不容拒絕的語氣。

「是。」

結束通話，他走出床艙，沿著走道往船長室前進。走進船長室，他的助手二副已經在裡頭。二副是個年紀大他整整十二歲的中年男子康德，四十二歲，看起來就像是他的伯父或是叔叔。他禮貌性地喚他當海象號朝著二號停泊碼頭緩緩靠近，前一艘停泊好的飛燕號與它之間的距離越來越近，讓人倒吸一口冷氣，彷彿要撞上了！

「很好，現在速度降低為零節。」他專注地注視著手中的港口地形圖，以及暗礁分布圖。

貨輪緩緩地停泊住，毫釐不差，他的耳邊響起了船員們的歡呼聲。

水手們拋下圈狀的繩索，碼頭的工人們將繩索套進了固定樁。

「什麼蠢電腦，差點害我們和飛燕號撞船了。」德叔對他豎起大拇指，在他耳邊咬耳朵，「電腦永遠贏不了人類的大腦！」

將貨物全數卸下，船將暫時停泊於蓋興港一天。一天後，海象號即將再度啟程。兩人和家人團聚的時間不到二十四小時。

石泰峰和德叔走回家的途中，德叔拎著用紙袋盛裝的禮物，說：「已經三個月沒看見我家阿漢了，希望這次買這支最新型的電子通話器他會喜歡。上回我要離開的時候，這孩子跟我鬧脾氣，說永遠不想再見到我。唉，我又何嘗不想待在他的身邊，當一個好爸爸。」

石泰峰拍拍德叔的肩膀，「小時候我也很討厭爸爸，不能諒解爸爸為什麼總是不在家，但長大後才發現爸爸也是身不由己的。我們生長在漁村，有不能違抗的宿命，除了跑船，還能做什麼？」

「是石泰峰！他來了！」

話還沒說完，一群人蜂擁而上，將他團團包圍。有人拿著麥克風，有人拿著攝影機。

距離家只剩下不到三百公尺，他看見媽媽笑瞇瞇地站在家門前迎接他，身旁被左鄰右舍簇擁著，這些鄰居們看起來都是來湊熱鬧的。

他聽見一位女記者拿著麥克風，背對著自己，對著攝影機自顧自地說著：「在記者的身後，就是日前考上引水人的三十歲年輕人石泰峰。距離上一個引水人的錄取，迄今已經相隔三十六年了，這段期間內，沒有人通過考試，而這項考試也已經被眾人淡忘；如今人力也逐漸被電腦智慧系統所取代。石泰峰喚醒了眾人對於引水人的記憶，那麼是否象徵著，人力的需求再度崛起呢？」

啊！原來是他考上了……難怪他家這麼熱鬧……石泰峰恍然大悟。

德叔笑得合不攏嘴，「恭喜你！」他再度湊上前咬耳朵，「證明給這些人看，電腦永遠贏不了人類的大腦。」

石泰峰微微點頭。

一位女記者趨步上前，問：「你是怎麼考上的？」

石泰峰停下腳步，「妳真的想知道？」

女記者對著他點點頭、眨眨眼，表示「是的」。

「妳想過，為什麼要報導我？」

女記者被他一問，有些愣住，不曉得該怎麼回答。「因為已經很久沒有人通過這項考試……」

「難道大家沒有想過為什麼已經很久沒有人通過這項考試？是考題越來越難？還是，我們的智商越來越低？」

這句話一說出口，在場的人們譁然，有人竊竊私語著：「這傢伙講話真狂妄自大！」

「那麼，又為什麼我們的智商會越來越低？」他再度拋給大家這個問題。

女記者一頭霧水，不明白他說這些的用意是什麼。但再沒問出考試的準備方法，她回到電視台鐵定被炒魷魚。「能不能請你用簡潔的方式回答，你是怎麼考上的？」

石泰峰吐出一口氣，心想：真是對牛彈琴！

「我記得老一輩的船員們曾說過，引水人是所有船長最終想抵達的位子。雖然薪水不比跑一次遠洋的船來得多，但至少下班後還能回到家，抱抱孩子，享享天倫之樂，心裡有種踏實的感覺。但我不是為了這個理由考引水人的。」

「那你是為了什麼理由？」女記者繼續問。

「我想說一個親身經歷的故事，這個故事很長，很像是一場很長很長的夢！有時候，我不相信自己真的遇到這些荒謬古怪的事，但它的的確確發生了。這個故事，妳想聽嗎？」

「石泰峰，我聽不懂你說什麼。什麼故事？什麼夢？你直接講怎麼準備考試的，然後站好、露個微笑，讓攝影大哥拍張好看的照片，讓我們好回去交差。」其他記者開始煩躁了。

遠方的天空忽然閃現一個亮點，緊接而來的是無聲的無翼運輸機，純白的長橢圓狀造型，靠的是磁力懸浮推進。

有人注意到，運輸機停在不遠處的空地上，機艙開啟，走下來一個俏麗的馬尾女孩。石泰峰也察覺到了，他轉頭，是那個年輕女孩，和在船上看見的穿著一模一樣：筆挺的鐵灰色套裝，俐落的馬尾隨著走路而搖擺，穿著高跟鞋搭搭搭地走到他面前。

「我想聽，關於你那個荒謬古怪的經歷。我想知道，究竟是什麼樣的經歷，能讓一個人變得如此地高傲、不可一世？」女孩模樣很清秀可愛，皮膚很白皙，但毫無嬌弱氣息，反而渾身透露出一種高人一等的優越感。她昂著高挺的鼻尖，用著一種居高臨下的眼神看著石泰峰。

石泰峰與女孩對視，嘴角微微一揚，「事實不是證明，我的判斷

是正確的？」

女孩脖子上掛著名牌，寫著：「藍洋電訊系統研發總監紀筱君。」

紀筱君深吸一口氣後，伸出手，語調平穩，毫無高低起伏，「歡迎你回來。優秀的引水人——年僅三十歲，僅僅具備六年船長經歷的——石泰峰。」

「妳也不遑多讓。歷來最年輕的電訊系統研發總監——年僅二十四歲，一上任便縮減每艘船隻百分之六十的人力，出手毫不手軟的——紀筱君。」

他也伸出手，握住女孩的五指，溫溫的，那是一種肌膚的真實觸感。

而不是那種看似真實，但其實虛假無比的投射影像。

他忽然間很感動，他說：「那件事發生的時候，就像現在，我內心的感覺，不可置信……」

那一年，我十九歲，是十一年前。我以第一名的成績從高中畢業後，參與聯合高等學歷招考，考取了醫學大學。我希望將來當一名社會地位高的醫師，徹底擺脫被別人看不起的生活。

你會說，誰會看不起你？事實上就是如此！

在這個社會上，大家都說爸爸是「跑船的」，用輕蔑的口吻喊著「喔，你就是石家那個跑船的小孩」。即使爸爸每跑一次船，賺的錢比其他同學的爸爸媽媽多，但大家就是認定我們家「很貧窮」。

就在我選擇要去就讀大學的前一天，傳來爸爸落海失蹤的消息，媽媽因為太過傷心，失足從樓梯上摔下來，右小腿骨折，急需一筆錢開刀。爸爸留下來的積蓄絕對足夠媽媽開刀，也夠家裡吃穿一陣子，但未來呢？這個家沒有了爸爸，就讀大學的學費、生活費都成了一個問題。就在那天，我做出決定——放棄學業，扛起家中的生計。

正好有一艘跑遠洋的漁船在招聘船員，因為薪水很高，我接受了這份工作，依循著爸爸的腳步，成為我們家第二個「跑船的」男人。

在船上的每一天，我無不想著，跑完這次，我就不跑了。

但跑船這件事就像是一個泥沼，一隻腳一旦踏進去，就永遠別想洗乾淨了。

在別人的眼中，你就像卡了泥土的指甲，擁有洗不掉的汙垢。

跑完那次船後，我想要找別的工作，不是薪水很低，就是被人說「這種動腦筋的工作，你做得來嗎？跑船的。」言語間充滿著貶意。

現實就是這麼殘忍！

憑著高中學歷，憑著跑船的工作經驗，我能找到什麼薪水優渥的工作養家？

很無奈的，於是，我又上了遠洋漁船，開始跑船的生活！

船上，除了我，都是來自其他國家生活底層，就像我這樣需要用錢的年輕男孩和中年男人，有人嘗試和我交談，聊聊彼此的國家和出身，但我只想著：你們這些卑賤且又髒又臭的海蟑螂們！我和你們不同，我是可以讀得起大學的高材生，我只是被現實逼迫來到這裡，等我賺夠錢，一定可以擺脫這樣的生活！

在船上的生活很寂寞，但我不屑與這些最低層的船員們為伍，連和他們說句話都懶。

我喜歡和二副、大副和船長聊天，想像自己並不只是一名普通的船員，揮去我內心的自卑感。

不過，當我多和二副、大副聊天之後，我從旁觀察到，這些人的航海技術簡直就是弱到爆！這不僅揮去我的自卑感，更讓我萌生了一股成就感。

怎麼說呢？這些人篤信船上安裝的導航系統，即使那爛導航系統一次又一次帶著我們差點撞上礁岩，好幾次都是我提醒才倖免於難的。而這些人卻寧願賠上命也要將導航系統視為唯一信仰。

每跑過一次船，到了夜晚，我便會將這些路線記在我的筆記本裡，尤其是所有的突發狀況，我認為自己必須將它們記錄下來！我可不想哪天自己喪生於大海中，是那不靈光的導航所造成的。所以我必須靠自己的力量活下來！這是我給自己的期許與目標。

有一回，我和二副起了爭執，起因於導航系統要求我們橫渡大西洋，但我卻認為有另外一條路可以減短航程。

我說：「這一條路我走過，這是繞遠路。我們直接從底里斯堡的南端切過去，不出一個月，我們就能抵達奧圖港。如果照導航系統的指示，我們就得花上三個月。」但整艘船上沒有人支持我，有人譏笑我是「不懂裝懂的毛小孩」、「故意和全世界作對的叛逆小子」，船長決議依照導航系統的指示航行，理由是：「現在全世界有幾千萬幾百萬船隻都遵照這套系統航行，直到現在也沒發生過什麼意外或災難，沒必要不遵照它的指示。」

明明就有別條便捷的路可以走，這些人卻只一昧地相信電腦的判斷。

意識到這些人的觀念根深柢固，表面上我放棄和這些人理論了，而我卻私底下默默記錄著這段航程中所遇到的景觀及特色。

我在自己的電子日記中記錄著：因為航行時間拉長，因此油耗量是我所判斷的路線所需油耗量的四倍。為什麼會變成四倍？因為這途中會經過三個小港口，而只要經過小港口，船員們就會起鬨說要下去蹓躂、在船上待得太久快悶壞了，船長禁不起大家的要求，只允許大家下船半天，但總是有些船員不受控制地玩瘋了頭，猶如脫韁的野馬。好不容易人都到齊，船長總是滿嘴埋怨，可只要看見大家生龍活虎，氣就消了一半。就這樣走走停停，油比原先耗得更多了。

而船上的船員們就好比被關在牢籠裡的野獸，每天昂首期待著野放的日子，彷彿只要能到陸地上閒晃，就是一種莫大的幸福。

有時候我覺得這些船員很可悲，他們的幸福感是被訓練出來的。

己的了。」二話不說就答應了。

這艘船叫做游新號。我們在費里歐海獵捕了許多昂貴的鰈魚。鰈魚不僅身形巨大，長度更有一個人伸開雙手那樣的長。不易捕捉，要逮住牠好比與鱷魚拔河，但全身各個部位處處可以販賣，就連脊骨都成為藥材之一，號稱有強身固氣的良效。

果然如船長所提醒的，在和鰈魚對抗的過程中，便有三個船員手臂骨折，一個船員差點墜入海中。所幸船長挑選的人果真都有強勁的臂力和體力，所以都活了下來。可這趟旅程都讓每個人有種「魚」口餘生的感激感！

回程的途中，一晚，吃過晚餐後，船長將大家召集於休息室，神祕兮兮地說：「印度洋中有一種魚叫做尼糠魚，肉質相當鮮甜肥美，但因為靠近非洲南端的貧窮國家，有被海盜盯上、搶奪財物、開槍射殺的風險。除此之外……」船長猶豫了一下，繼續說：「因為這種魚只生存於地震帶斷層附近，因此那附近暗礁、暗流極多，船隻莫名失蹤的事件不在少數……」

「我的手已經骨折了，你叫我怎麼行動!?」金髮碧眼的西方少年不客氣地舉起自己打上石膏的右手臂問。

「這種魚價值多少錢？值得我們用命來換？」一名黑捲髮的東南亞少年問。

我記得船長毫不遲疑地回答：「一條體型最小的尼糠魚，至少能賣五十萬！」

一聽，在場的船員們眼睛都亮了！

鰈魚一尾是十萬塊，而尼糠魚卻能賣到五十萬，大家上船，尤其上的是遠洋漁船，隨時都得冒著生命危險與大海搏鬥，為的還不是錢！

船長的提議使得大家振奮起來。

「船一出航的那一刻，我就沒想過這一生風平浪靜了。如果你們願意，我們就一起去獵捕尼糠魚，滿載而歸，數錢數到手抽筋。有錢，我就從此不再過著這種拋妻棄子的討海生活！」

「對！有錢，我就從此不再過著這種拋妻棄子的討海生活！」大家附和船長，語調激昂，重複再重複，彷彿戰士打仗前的精神喊話。

這種神祕的尼糠魚，因為稀有，大家只聽聞過黑市會販賣，但從沒想過自己將有親眼目睹，甚至親手捕抓的機會。

所有的船員躍躍欲試，包括我自己。

緊接著，船長將一個捲成捲軸的地圖攤開在桌面上，大家圍了過去。

這張地圖和一般的世界地圖不一樣，它只畫了印度洋附近的島嶼，以及我們所處的位置。奇特的是，這張地圖上頭有著閃動的紅色圓點。

船長手指著那閃動的紅色圓點說：「這紅色圓點就代表尼糠魚的出沒位置。」

見大家一頭霧水，船長向大家解釋：「這地圖是我在黑市用你們都無法想像的天價買到手的。」他的嘴角有著一抹得意，那種得意讓我們這群人產生了一種「祕密只有我們才知道」的興奮感。

船長繼續說著：「之前那些捕抓尼糠魚的漁船，做了一項大膽的舉動。那就是捕抓尼糠魚後，用精密的技術，將細微的追蹤器植入尼糠魚的腮內。」

「嘶～把五十萬放回大海中！」黑捲髮的東南亞少年發出惋惜聲。

船長有點不高興了，他反駁：「你懂什麼?!放回一個五十萬，卻能帶來數以萬計個『五十萬』！」

我數了數畫面上的紅色圓點，至少有二十個紅色圓點。我說：「這裡少說有一千萬等著我們！」

船長聽了，豪邁地露出一口牙，「沒錯沒錯！恐怕還不只呢！只要有一隻尼糠魚，就代表牠的同伴都在附近，等著我們『大撈一筆』！」

聽到這裡，大家望著那張閃著一個個紅色圓點的地圖，彷彿看見了成千上萬條尼糠魚在我們面前游來游去，笑得合不攏嘴。

黑捲髮的東南亞少年盯著地圖，手指著地圖最邊緣處，距離紅色圓點尚有半個手臂長度，他問：「船長，那麼這個藍色的點是——」

我不假思索地回答：「是我們的船。」

船長哈哈大笑，連聲讚賞我，「對對對，不用我說就明白了。」

船長忽然拍著我的肩膀，盯著我的眼睛說：「不愧是以第一名成績從高中畢業的高材生！各位，這趟旅程鐵定滿載而歸。」

大家的士氣被激昂起來，大喊：「滿載而歸！滿載而歸！」我也跟著大喊，越喊越覺得信心滿滿。

那一瞬間，我真的覺得自己終於可以結束跑船的生活了！

朝著紅色圓點前進的那幾個夜晚，大家都像辦派對似的，天天又是喝酒又是唱歌跳舞。

當我們進入印度洋海域的那一晚，所有人都喝醉了，我也是。

那天的天空滿是星星，彷彿每個人充滿希望的璀璨未來。我拿著酒瓶搖搖晃晃地走回床艙，懷抱著發財的夢想沉入睡夢中。

那個夜晚，我想起當我還很小的時候，父親帶我坐小船到海邊釣魚，當他釣起一尾小魚時，爸爸露出不屑一顧的表情，他將那尾小魚扔回海中，說：「大海是個寶礦，越往下挖，挖到的寶越稀奇珍貴！

唯有無懼大海的人，才能真正征服大海，挖到寶礦。」

那時候的我，納悶地問爸爸：「大海哪裡可怕？海就是水，水就是洗澡的水，洗臉的水，游泳的水，水很好玩，哪裡可怕？」

爸爸說：「大海翻臉無情，看上去風平浪靜，下一秒一個大浪打來，將你捲入海中。」

我還是不明白，我對爸爸說：「從海裡面游出來就好啦！」

爸爸又對我說：「阿峰，海沒有那麼簡單啊！為了守護這些寶藏，海會設下許多陷阱，把你捲進去，連屍骨都找不到。」

那時候的我，不服輸地說：「我會識破那些海設下的陷阱，讓它連傷害我的機會也沒有！」

爸爸哈哈大笑，摸著我的頭說：「有膽識！不過你可別小看大海啊！」

爸爸剛說完，一陣大浪便朝我們的小船襲來。突如其來的浪頭打得我睜不開眼。小船搖晃得劇烈，像要翻船了，我嚇得緊握住船緣，等船穩定下來，再次睜開眼睛時，小船上只剩下我一個人！

爸爸呢？

爸爸掉下船了嗎？還是，他被浪捲走了？

想到這個可能，我又驚又慌，對著海裡大喊，但什麼都沒看見，什麼回應也沒有。

爸爸就這樣不見了！

我腦海中忽然竄出一個念頭：是不是我剛剛說的話激怒了大海？

我對著大海，雙手膜拜，淚流不止地重複唸著「對不起」三個字。

就在這時，遠遠的又有一個巨大的海浪朝著我這邊緩緩推進，這個浪比剛才那個浪足足高了快三層樓。這次我死定了！

我閉上眼，等待那巨浪將我吞沒。但忽然間一雙手不停地搖晃我的肩膀，說：「醒醒！醒醒！趕快逃！」

我睜開眼，眼前是陰暗又窄小的床艙，我意識到，原來剛才是一場夢！

床艙外一群人大呼小叫，有人急促地邊叫邊跑，情況似乎很危急。

我問搖醒我的黑捲髮東南亞少年，「發生什麼事？」

他聳聳肩，表示不知道，但一臉的驚恐，轉身就往外面逃跑。

想知道發生什麼事的我走出床艙，步上階梯。艙門沒關好，一陣又一陣的狂風驟雨像是一面堅固厚實的牆，往我的胸口擊來，讓我差點就要跌下階梯。

烏雲密布的天空擊下一道道閃電，刺眼的光眩亮得讓人無法直視；那轟轟雷聲更是簡直要震破人的耳膜。

頂著傾盆大雨，我很吃力地迎抗那陣陣狂風，拖著沉重的腳步一步步往甲板上走去，拉住懸掛在船緣的繩索，好讓自己不被風雨擊倒。

抹掉眼睛的雨水，往海面上一看，我驚愕不已。

一個巨大的漩渦形成在不遠處，而我們的這艘漁船正「自尋死路」地往它直直地前進。

我攀著船緣，慢慢地往船長室移動，費了好大的力氣。因為怕雙手一鬆開，整個人就會被風吹倒，所以拚命使力，讓雙手的指頭疼痛不已。

「為什麼不轉彎？」一進船長室，我對船長大吼。

「沒有辦法，它的吸力太強！像是有一雙看不見的手將我們套上繩索，往它拉過去。」

船長快速地解釋後，再度對著通話孔緊急呼叫救援，但線路中有雜音，怎麼也撥打不出去。

直到船越來越靠近漩渦，所有的燈一閃一滅，好像受到電磁波干擾似的，通話孔失效，一點聲響也沒有。

我一時氣不過，對著船長咆哮：「你明知道這趟旅程很危險，卻

船長回答我，「能穿上就好，趕快穿上。」

套上去後，我肚子完全遮不住，船長的也是，他挺著一個圓滾滾的啤酒肚，看起來真噁心；褲子的長度只到膝蓋上方，相當地緊身，讓人很不自在。我低頭把這件衣服左看右看，滿腦子問號：「我找不到啟動裝置？」

船長懶得回答我，穿上衣服就說：「按鈕在這裡，蠢蛋。」說完按下右手臂上的一只銀色圓鈕。

下一秒，我看見所有閃電集中落下，像一條金色的圓束綑住船長身體，船長全身像觸電似的顫抖著，頭髮燒成捲髮，空氣中有濃濃的煙味。

我衝過去，船長把他額頭上溼答答的一搓頭髮往後梳，用著最後一口氣，緩緩地告訴我：「我忘記了，這裝置會聚集所有磁場發揮作用，萬萬不可在閃電處使用。」說完，船長暈過去了。

我心想：這是什麼蠢系統，遇到閃電就成了殺人工具！

但下一秒，這個蠢系統發揮了它的作用，船長漸漸地變成一格一格的影像，從眼前消失了。

我內心又升起了一絲希望。

找到右手臂上的按鈕，我興奮又期待地按下。

砰的一聲，我的褲子瞬間爆破了，瞬間我只剩下一條內褲，和只能遮住胸口的半截上衣。

我心裡納悶著：到底是哪裡有問題？

我決定再試一次！

砰的一聲，我的上衣也瞬間被爆成碎片了，上半身光溜溜的。全身上下，我只穿著一條內褲，頭上淋著大雨，冷斃了。

這是什麼整人裝置？我眼睛瞄到那碎成片的布料中混雜著一個食指大的標籤，我撿起來一看，上面寫著：脫衣猛男瞬間爆破衣。

天啊！船長居然讓我穿這種衣服！八成，不，十成是在黑市買到的假貨！

而此時此刻，我沒有時間咒罵那個害我一個人獨留在船上的老頭，因為，船依然朝著漩渦行駛而去！

難道我就這樣坐以待斃？不，不行，爸爸說過，海不會放過任何一個想要從它身邊挖掘寶藏的人，所以我絕對不能被捲進海裡，我要逃得遠遠的！

我趕緊再度拿起通話孔呼救著：「游新號呼叫，請求支援！請求支援！」

通話孔那端傳來一陣雜訊及模糊的說話聲，我欣喜萬分地暗叫：「太好了。」

這時，聽話孔傳來曼妙的音樂聲，有鋼琴聲，也有打鼓聲，還有猴子們發出的吱吱聲，像是正舉辦著一場熱鬧的晚宴。

這是海上救援隊!?

我疑惑地問：「誰？誰在哪裡？」

沒有人回應我，那音樂聲、猴子叫聲卻隨著漁船靠漩渦越近而益發響亮！

我只能這樣求助：「你們是誰？可以幫助我們嗎？哈囉？有人聽見嗎？」

等了好久，好久，那頭忽然安靜下來，一點聲音也沒有，這反應反而讓我整個人脊椎發寒。接著，那頭清晰、緩慢地反問我：「你、是、誰？」

我說：「這裡是游新號呼叫，請求支援，我們遇上怪異的不知名漩渦，而且目前電力受到不知來源的電磁波攻擊，完全受損。連通話系統也怪怪的，時好時壞！」

那一頭不再發出任何聲響，像是刻意躲避我的呼救。

我再次確認地問：「有人在聽我說話嗎？」

但已經來不及了！

這時，船身慢慢地傾斜，緊接著垂直地被漩渦吸進去。

我手拉著椅子，握得好緊，但仍不敵那股龐大的吸力。一不小心鬆開五指，我整個人重重地摔在儀表板上，頭撞到了玻璃窗。

這劇烈的重擊，讓我頭殼劇痛，下一秒，我失去了意識。

也好，這樣死去也比較沒有痛苦！我腦中居然這麼想著。

記得我醒來的時候，發現整個人是趴在一塊大浮木上，在海上載浮載沉。

我抬起頭，注意到不遠處是一座小島。我奮力地往那座小島游去。

眼看就快要游到了，岸邊稀稀落落幾個人影在那兒彎腰、撒網，像是在捕魚。

我心想：就要得救了！

但這時的我卻因為許久未進食，加上用盡全身力氣，開始虛軟地往海底沉下去。

其中一個人影注意到我，撲通一聲跳下海裡，往我游來。

等到那個人游到我面前，一把抱住我，我這才注意到：救我的不是人，而是一隻全身長滿褐色毛的猴子……

不可能的，救我的怎麼可能是猴子。猴子哪會捕魚，猴子哪會游泳，猴子哪會跳下海裡面救人……當我昏迷不醒的時候，我腦裡暈暈眩眩的，可滿腦子充斥的都是這個問題。

我想，自己一定是遭遇這麼大的劫難後，一下子精神錯亂了。但下一秒的事情馬上告訴自己，不，我不是精神錯亂，而是徹底地瘋了！

我的頭被緩緩地捧起來，甘甜清澈的水被灌進我的口中，讓我整個人通體舒暢。

我睜開眼，接著驚恐吼叫，用飛快的速度倒退得遠遠的，直到背抵著牆壁，我已經無路可退了。

你絕對無法相信，一隻猴子正端著水杯盯著我，而另外一隻猴子被我的反應驚嚇到，差點把手中掛著毛巾的水盆翻倒，露出驚慌的表情。

我死死地盯著他們看，他們也盯著我瞧。我不清楚他們想些什麼：是把我宰來吃嗎？但我注意到，這群猴子的動作和人類一模一樣，手腳靈活，只差沒有說話。

我忍不住地問：「你們會說話嗎？」

這時，木門被打開，一個老邁的男人和一隻老猴子一起走了進

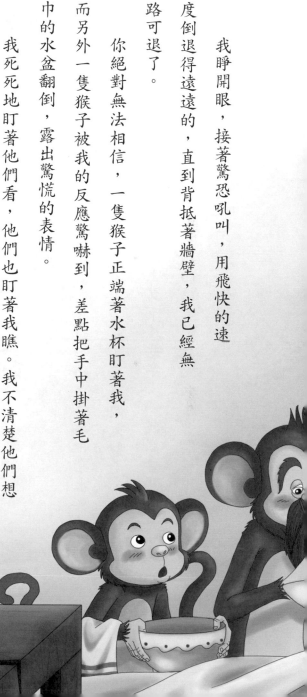

來。

老人白髮稀疏，臉色紅潤，臉型是削尖的，帶給人一種嚴肅的氣質；相較之下，老猴子和藹可親多了。但我不得不說，老人和老猴子長得真有「兄弟臉」，只是一人無毛，一猴紅毛，這樣的差異而已，看得我傻眼了。

老人嚴肅地回答我剛才的問題：「他們不會說話。」

老猴子拿起放置於一個圓木筒中的草稈，搖了搖手，拿水杯的猴子動作俐落地轉身走出房間，走進來時手裡端了一個大盤子，上頭鋪了一層薄沙。老猴子用草稈在沙上寫下這些字：「我們會寫字、閱讀、思考，唯獨不會的就是人類的語言。這是天生身體構造上的遺憾。我們不會傷害人，請放心。」

猴子會寫字……我實在受到太大的驚訝，我想，如果等等有猴子開飛機或開船，我也感到麻木了。

老人是我唯一熟悉的人類，我轉向問老人：「請問，這裡是？」

但老人沒有回答我，而是用一種極冷淡的語氣說：「你不必知道這裡是什麼地方。等你恢復體力，我們會告訴你離開的路徑，離開後，不必向別人提起你來過這裡。就算你提起，也不會有人相信。」說完，就起身走出房間。

老猴子在沙上寫著：「他就是這股牛脾氣，不要見怪。」接著對我露出潔白的牙齒，嘻嘻一笑。

相較於老人的冷漠，老猴子的親切反而讓我感到溫暖。

我又好奇地問：「我的船隻遇到一個奇怪的漩渦，我應該是被漩渦捲到這裡來的。這裡到底是哪裡？」

老猴子寫下：「多休息吧，孩子。」接著跟著老人轉身離開，留下那隻端來沙盤的小猴子。

我正要開口問那小猴子，他像是受到驚嚇似的嘴巴閉得老緊，雙手摀住嘴巴，一顆頭猛搖。

我揮揮手，說：「算了，不勉強你了。」那小猴子端著沙盤飛也似的逃出房間，另外一隻始終端著水盆的小猴子噗哧一笑，跟著出去了。

我一個人坐在房間內，這才好好的仔細觀察這屋子，忽然間發現這不是普通的房子，我曾經在書上看過這種房子，這種房子是用咕咾石搭蓋的，多存在於漁村或靠海的村落。這種房子早就在好幾年前統統被拆除，改建成又新穎又昂貴的現代化工廠或辦公大樓了。而如今我居然能親眼目睹，更別說是親身體驗了！

我實在太好奇這牆壁上的咕咾石了，我忍不住用手去摸它，去感受它凹凸不平的觸感。

有了！我可以把這些已經消失的建築拍下來！

我想起自己的手錶有照相和錄影的功能，晃了晃手腕上的錶，按下手錶三點鐘側邊的一個細小突起物，接著手錶的十二點鐘側邊發出一道呈現半弧形的藍光，我將那道藍光射向牆壁、屋頂，以及四周圍的擺設。

當我看見桌子上放著只有在教科書中才看得見的復古式話筒電話時，我驚訝地張大嘴巴，感到不可思議。我忍不住說出：「天啊，我該不會回到過去了吧？」這樣的話，畢竟在小說或電影的情節中，哪管是捲入漩渦裡，甚至被雷劈到，闖進時空隧道，回到過去或未來都是有可能發生的。

當我驚呼連連時，門邊也傳來陣陣的吱吱聲。我看向門邊，這才注意到，門邊擠了好幾隻小猴子，他們睜大著眼，目不轉睛地盯著手錶的藍光。

我將藍光移到天花板，他們的視線就跟著移到天花板；我將藍光移到地板上邊，他們的視線就跟著移到地板，彷彿我是馴獸師，他們是一群聽話的猴子，令人覺得有趣。

我忽然迅速將藍光移到窗邊，這時聽見吱吱尖叫聲，他們一瞬間全被嚇跑，我更覺得好笑了！其實剛才窗邊擠了好幾隻小猴子，我是故意用藍光照他們的。沒想到他們會害怕藍光。

關掉藍光，我問站在門邊好奇圍睹的小猴子們，「你們沒看過這個？」

那群小猴子搖搖頭。

當我正要解釋這不過是一台早被新機型淘汰，但還很耐用的舊款多功能攝錄手錶，門邊傳來一聲喝止「夠了」兩個字，讓我嚇了一跳。

那個冷漠的老人和老猴子站在門邊，老人滿臉怒火地瞪著我。

老人先是把那群小猴子趕走，接著闖進來用蠻力把我的手錶搶走，臨走前，用冷冰冰的語氣斥責我：「這個東西會污染這個乾淨的小島，為避免污染擴大，我先保管。等你離開那天，我會還你的。」

「這裡到底是哪裡？告訴我！」我對正要關上門的老人，用嘶吼的力氣問，但他沒有回答我，完全沒有！我甚至可以從門縫中看見他那雙厭惡的眼神！

天殺的！我被當成會引發傳染的細菌嗎？

他為什麼那麼討厭我？

那個晚上，我怎麼也睡不著，腦海裡面都是這個問題！

實在睡不著的我，耳邊隱隱約約聽見小猴子們發出的叫聲，像是在說話。

我好奇地跳下床，推開木門，循著聲音的來源摸黑找去。

在這個猴子島上，夜晚的街道上幾乎沒有燈光，但卻不會讓人感到森冷與可怕。因為那群小猴子發出的叫聲好雀躍，彷彿這世界上有什麼令人驚喜的事發生了，吸引著我腳步越來越快。海浪拍打岸邊的聲音也越來越清晰，原來，聲音的來源是在海邊！

直到我看見一幅驚人的畫面，我才停下了腳步，深深被那幅畫面所震撼！

夜晚的天空像是一塊烏黑的畫布，上頭鑲滿了一顆顆繁密且閃爍不停的星星。那些星星斗大得像是伸出手就可以觸摸到似的。

我一忍不住伸出手的那一瞬間，那個冷冰冰的聲音又出現了，打壞了我的好心情。

我往前一看，這才注意到小猴子們面對著海排排坐著，老人站在他們的正前方，手裡拿著指揮棒，正在替那些小猴子們上課。

視我如眼中釘的老人用嘲弄的口氣對我說：「你沒看過這麼多星星吧。」

我點點頭，回答老人說：「我最多也才看過一顆或兩顆星星，而且這些星星好多！好大！真不可思議！這裡到底是哪裡？」

老人顯然不想回答我的問題，他自顧自地問著：「你是水手吧？」

我又點點頭。我正想問老人怎麼會知道的時候，老人又刻意不讓我說話，逕自地唱著一首奇怪的慢歌：「迷了路，就找北極星。北極星是媽媽的淚珠，指引著你找到回家的路。孩子們，哪一對是北極星？」當他唱到最後一句歌詞時，所有小猴子高舉兩隻手，指向左右天空中，各自最亮又最大的那一顆星星。

老人又繼續用緩慢的旋律唱著，「回家的路啊！故鄉的人們啊！如果沒了北極星，就永遠找不到回家的路啊！家啊家啊！北極星，請你不要熄滅，請你帶我回家，回到那有母親的家。」唱完，老人的眼角閃著淚光。

被我認為是既冷漠又冷血的老人居然唱到哭了，真讓人感到不可思議。

我說：「在我們的那個年代，航海人已經不觀星了。我們都用導航系統。只要安裝導航系統，就能安全且迅速地抵達目的地。不過——」

老人又很沒禮貌地打斷我的話，用一種斥責我的口氣說：「導航系統一點也不安全。孩子，那些都是細菌，終將帶來毀滅的下場。我不會讓那些細菌污染我的小島，永遠不會！」

我反問他：「你知道導航系統？這一整座小島都是你的？我不是穿越時空回到過去？」

老人冷酷地丟下一句話：「你的問題太多了！」

這句話惹得我氣得渾身發抖，這個老人真的很沒禮貌。

始終沉默的老猴子從老人身旁走過來，拍拍我的肩膀，示意要我別生氣。看在老猴子的面子上，我決定不跟那討人厭的老人槓上。

但我胸口還是有一股氣想要爆發，我轉過身對著老人大吼：「你錯了！北極星只有一顆，這是所有航海人都知道的事！」接著我對著小猴子們大喊：「這傢伙是個大騙子，大家不要相信他！北極星只有一顆！」

老人忽然衝過來抓住我的脖子，激動地問我：「是誰告訴你北極星只有一顆!?是誰告訴你北極星只有一顆!?」

我被勒得差點喘不過氣，好險老猴子及時用力扳開老人的手，將我抱進懷中，他用自己的身軀保護我，讓我不再受到老人的暴力對待。老猴子的胸口毛茸茸的，軟軟的、暖暖的，被老猴子抱著的感覺就像是……母親的安慰一樣！長久以來，一個人離開家的寂寞和孤單一瞬間湧上來，我流淚，我大哭，我對著老人大吼，我說：「那是我爸爸告訴我的！很久很久以前，他在出海的前一天告訴我的，沒多久，船難的消息傳來……我爸爸就再也沒回來了……」

我抽抽噎噎地說著：「我住的那個世界沒有星星，天空只有濃煙和油污，所以航海人看不到星星，我們就算會觀星又如何！一點屁用也沒有！」

老人的語氣突然變軟了，他問我：「你的爸爸叫什麼名字？」

我說：「石、偉。」

說完，我立刻蹲在地上大哭，因為……我真的好想好想爸爸！

我好恨老人，我好恨漂流到這個詭異的猴子島上，我更恨北極星，為什麼這一切都要逼我想起我爸爸？

當我哭到沒有眼淚，抬起頭來，發現小猴子和老猴子已經不見了，只剩下老人直挺挺地站在我面前，他用一種又是難過又是強忍住悲傷的表情，深深吸一口氣後說：「你想聽一個故事嗎？一個關於這座小島的故事。」

我點點頭。但是老人的態度為什麼變化得這麼快？難道他只要看見小孩子哭就會心軟？我不明白地問他：「你不是不願意說？現在為什麼願意告訴我？你不是當我是會帶來傳染病的細菌？」

老人一屁股坐下，坐在我的身旁，望著那滿天的星星，說：「你應該知道這座小島的故事。因為這個故事和你的爸爸有關，他是一個勇敢的水手，你必須記得他做過的事，所以我必須告訴你……」

老人告訴我：「一天前，我們接到一通呼救的電話。如果我沒猜錯的話，那通電話是你呼救的。」

我點點頭。我想起通話孔那端傳來很多猴子的吱吱聲，這時明白了，通訊系統的訊號一定是連到了這座奇怪的猴子島。可是，我明明撥的就是海上救援隊的代碼，為什麼訊號會連錯？

我還沒開口問老人，老人就先說出我內心的疑惑。

「你一定覺得很奇怪，為什麼呼救訊號會連到這裡來；你一定還很納悶，自己為什麼會漂流到這裡。」

老人說完這話後，他站起來，帶著我往海的另一邊直直走去，我快步跟上去，走了好久好久，走得我的腳又痠又累，老人依然往前走去。因為整個視線漆黑難明，我只能緊緊跟在老人的身後，沿著老人走過的路前進，絲毫不敢放慢腳步；而且我不敢任意的往左移動，因為，我彷彿可以感覺得到，海浪就距離我不到幾步遠。好幾次，冰冷的海浪拍打上我的小腿，我更可以感覺得到，漸漸地漲潮了，老人的直行路線漸漸地變成了弧線。

不知道走了多久，走到我頭昏眼花，老人停下腳步，開始鬆開綁在樁上的麻繩，原來這裡有個碼頭。老人跳上一艘小船，吆喝我趕快上來。

我小心翼翼地摸黑踩上船，老人拿著槳划。我可以感受到船往海洋中央平滑地移動，我甚至可以感受到水流過船身的力道，而這些都是我昔日在大船上無法感受到的！

我們航行在一片漆黑的海洋中，照亮我們航線的是滿天的繁星。毫無任何燈光。

老人向我介紹哪一顆星星叫做「柯斯達二號」，是由一隻叫做柯斯達的小猴子發現的。

老人又向我介紹著哪一顆星星叫做「潘恩新一六四號」，我馬上

隔天，天微微濛亮，因為睡得不好，所以精神很差。

我迷迷糊糊中，看見一張熟悉的臉相反地盯著我瞧。我趕緊起身，老人一臉不可思議地盯著我，問我：「你怎麼會在這裡？」

我坐在沙灘上，手裡抓著沙，看看左右，老猴子指揮小猴子們將海上的「垃圾」清除乾淨，而我就睡在老人昨夜帶我去的碼頭岸邊。

我有點頭痛地說：「我昨晚睡不著，房間太悶，跑出來透透氣。」

老人繼續用難以置信的口氣，問我：「我的意思是，你怎麼會走到這裡？你怎會認得路？尤其天色又那麼黑！」

我說：「你說過的，只要記得北極星的位置，就能找到方向。我昨天一時忘記哪一顆是北極星，但我記得石頭座的位置。」

老人不明白地問我：「我聽過魔羯座、人馬座、天蠍座，還沒聽過石頭座。」

我不好意思地笑說：「哈哈，那是我爸爸替我取的奶名。媽媽說我從小時候就很固執，想要的東西就一定要拿到，想做的事情就一定會想盡辦法去完成，我這脾氣跟石頭一樣硬，說不聽。我注意到潘恩新一六四號和周圍的星星正好形成一個橢圓的形狀，我替它們命名為石頭座。只要朝著石頭座的方向前進，我就能找到碼頭這裡。」

老人聽完我的解釋，露出更加吃驚的眼神。

我想起爸爸曾經告訴我的話，將這一段話原封不動地轉述給老人聽：「人生就像茫茫大海，找到方向，前進，就能發現心中的新大陸了。那時候我又問爸爸：『可是我的方向在哪裡？我不知道該怎麼找方向。』爸爸叮囑我：『千萬千萬不要讓別人來引航你的路。找到屬於自己的星座，依循它，讓它帶領你前進。否則你將永遠不斷改變方向，走著別人命令的道路。久了，你會忘記找尋方向的能力；久了，你會忘了原來自己還擁有找尋方向的能力。所以，千萬千萬不要讓別人來引航你的路。』」

老人像是出神，愣了好久後，才慢慢地對我說：「我太小看你了。」我還以為老人接著要誇獎我懂得舉一反三，但沒想到老人立刻又板著張臉，說：「走，我們繼續昨晚沒完成的。」

小猴子們已經將海面上的「垃圾」統統清除乾淨，累癱地躺在沙灘上休息，有的追來追去玩耍，他們的快樂遠遠勝於我——這一個人類許多。

現在的我，莫名地被捲進這個奇怪的小島，遇見了一個冷漠的老人，但唯一讓我感到開心的是，老人對於爸爸好像相當了解，他是爸爸的朋友囉？當我這麼想的時候，心裡頭有一種酸酸的味道蔓延了出來，因為這一再提醒我，爸爸已經離開我好久好久了。

老人帶我重新坐上昨夜的小船，不同的是，今天多了老猴子。

老猴子指著高懸於天際的太陽，嘻嘻笑，我自然而然地脫口說出來：「白天是看太陽的位置找到方向航行吧？如果我猜得沒錯的話。」

老猴子對我用手勢比了個「讚」，老人只是淡淡地看了我一眼，沒有任何回應，逕自往前划著。

昨晚遇到的「垃圾」被清除得相當乾淨，一路順暢。當我們離太陽越來越近，陽光越來越刺眼，讓人睜不開雙眼。遠遠地，我居然看見了一座山矗立在海面上，山被一圈又一圈的光暈包圍著。等到船越來越近，我這才發現，不，這不是山，這是一艘船。一艘巨大的輪船，而且看起來好老舊，已經上了年紀，讓我聯想到老人。

再更仔細注意觀察，這艘船的底部攀附著許多青苔和藻類，但船身依稀可見刻印著斗大的三個字：「恩新號」。

我吃驚地張大嘴巴，驚呼：「這是你的船！」

老人用他一貫的冷漠口氣，告訴我：「不，它是我們共同的船。這一艘船的存在和改造，你的父親功不可沒，所以這絕對不是我一個人的船，甚至，你也可以說，它是全人類的船。」

我正想著，該怎麼登船時，甲板上出現幾隻猴子，他們迅速地放下繩梯。

老人率先爬上梯子，接著是我，這時候海上風浪很大，陣陣的急風吹來，害我險些要墜入海中，幸虧老猴子從身後扶住我、護住我，我才安全地搭上這艘大船。

我低頭往下看，老猴子沒有跟著上船，他向那些猴子們用手勢打完招呼後，駛著小船走了。

我注意到他們打招呼是類似於人類的敬禮手勢，將右手五指齊併，延伸筆直，大拇指併攏在額頭旁，彼此皆是一臉的尊敬。老猴子有別於先前的輕鬆模樣，態度改變，連帶的害我也跟著緊張起來。

船上的猴子們看起來不年輕了，而且他們站得直挺挺的，對著老人敬禮。

更讓我驚奇的在後方，他們居然會比手語，開始和老人用手語溝通！

我根本沒學過手語，怎麼可能明白他們在說些什麼，但我注意到這些猴子看著我的眼神是含有一種「打量」的意味。

這船上的猴子們和島上的小猴子們不太一樣，這裡的猴子們擁有人類的眼神，彷彿會思考，具有更高等的智慧。

老人告訴我，這些眼中閃動著智慧光芒的猴子們負責管理這艘船的大小瑣碎事，因為身負重大責任，因此態度較嚴謹。

老人和他們「交談」過後，正要往別的地方移動時，一隻母猴子忽然衝過來跳上我的腰，抱著我，我被這突來的舉動驚嚇住，想推開，但身體的本能反應卻是僵硬得動彈不得。

母猴子察覺到我的不自在，一臉抱歉地放開我，迅速地躲到老人身後，害羞地瞄著我。

她用一種發亮的眼神緊緊地盯著我，好像我是帶來希望、帶來雀躍的搖滾歌手或是大明星，讓人感到莫名其妙。

老人寵溺地點了點母猴子的額頭，說：「妳遲到了，林莉。」

母猴子瞇著眼咯咯笑，看得出來他們之間的感情相當融洽。

老人對我說：「她是林莉，圖書管理員，負責在船上維護這些僅存的藏書資源。她是我親手餵養長大的，而她所會的手語和文字都是我教的，當然，我也告訴了她和其他猴子們關於你父親的故事。不只是她，他們知道你是石偉的孩子後都很開心地歡迎你。」

站在甲板上一陣子，我感到些微的頭暈。這種感覺是從一上船就有的，但稍早一開始因為太興奮而被遺忘了，現在暈眩的浪度一波波襲來，母猴子和老人都在我面前變得有點模糊。

我說：「這船怪怪的。」

老人帶領我到另外一面的甲板，低頭一看，馬上解釋了身體異狀的由來。

這船正倚靠在一塊巨大的礁岩上，船身輕微地翹起。

老人向我解釋：「當初船撞上礁岩後，就停在這裡了。」

我不明白地問老人：「不能移開嗎？」

老人故作神祕地挑眉而不答：「你等等就知道了。」

這是一艘爸爸親手改造的船，每個構造都具有爸爸想要改變這個世界的想法和理念，親近它就像和爸爸在一起，我內心感到激動不已。

老人對我招招手，「來吧！我帶你認識這一艘船，以及船上所擁有的『寶物』，它將會讓你吃驚……甚至讓你產生『錯亂』的感覺。這是可怕的後果……但你願意承受嗎？」

我聽不太懂老人說的話是什麼意思，但我想知道這艘船和爸爸有什麼關係？我更想知道，爸爸不在我身邊時，所發生的點點滴滴。

於是我斬釘截鐵地告訴老人：「我願意！」

老人帶著我進到船艙內，那隻叫做林莉的母猴子始終跟在我們的身後。

越往階梯下方走去，越感受到一種緊張不安的氣氛迎面襲來。

停在一扇鋁製的門前，老人問我：「你真的做好準備了嗎？」

我點點頭。

老人向林莉比了些手勢，林莉將始終拿在手上的小鐵片插進孔中，往右一轉，門應聲打開。

老人解釋說：「這是鑰匙。只要申請，就能擁有一把。在這島上，幾乎每個猴子都有一把。」

我不明白地問：「人類呢？這島上的人類呢？」

老人悠悠地說：「你是進來這裡的第三個人類。除了我、我孫女，你是唯一的參觀者。」

老人的話讓我感到何其的榮幸，可是其他的人類呢？其他那些漂流到這座島上的人類呢？

老人說：「沒有絕對信任這個人類，這裡就是個祕密。可惜那些人尚未取得我的信任就急急地離開了。」

我感到惋惜，連聲說：「真是遺憾！」

我對林莉手中的小鐵片感到興趣，我說：「在我們那個地方，都是用指紋或眼角膜開門，我沒見過這個東西。」

老人告訴我：「那時候，政府部門的人利用號稱最新穎的『指紋辨識系統』或『眼角膜辨識系統』來改革與創新舊有的鑰匙來開門。這是為了藉此蒐集所有人的指紋和眼角膜資料，好控制人民的一種手段。」

我聽得一頭霧水，「取得指紋？眼角膜？能做什麼？」

老人繼續解釋：「每一個人指紋的紋路都是獨一無二的，眼角膜也是，只要你去過任何一個地方，哪怕是你進入過學校的禮堂或是街頭轉角的餐廳，只要使用指紋或眼角膜開啟過任何一扇門，這些資料都會傳送到政府內部負責蒐集人民資料的部門。他們擁有一個龐大的資料庫，統整、歸納、分析出你的喜好、你的興趣。最重要的是，要是你有一絲反抗的心，去過哪些叛亂份子聚集的地點，都一滴不露地被他們所窺視著！」

反抗？叛亂份子？我真是越聽越不明白了。

老人說：「我們帶著這些東西逃到了這個地方，這些被政府隱藏起來的祕密！我是叛亂份子，你的爸爸也是！而我們嘗試反抗！就為了揭開這些祕密！」

說著，老人輕輕推開了門，門內的景色讓我看傻了眼。當我們一打開門時，數十雙眼睛整齊劃一地朝我們望過來，緊接著又像是沒事般地做回自己的事：把視線移回自己的面前，緊盯著手裡一個長條塊的玩意看。

一塊巨大的礁岩硬生生地刺進了左側艙板，彷彿從天而落的禮物，為什麼這麼形容呢？

你絕對無法相信，這裡的猴子們有的坐著、有的趴著、有的躺在這塊突進船艙的巨礁上，手裡拿著長條塊的玩意，目不轉睛地盯著；有的咯咯笑著、有的認真嚴肅、有的在打盹呢！

而巨礁的上方是一整片高壓玻璃窗，陽光從海面上折射進來，再透過窗映透進來，猴子們散落在巨礁上，曬著光，全身的紅毛都包圍在一圈金黃色的光暈中。

往往越底部的船艙越讓人感到沁冷，但這船艙裡頭的溫度，由於海面下的低溫和陽光的揉合，正巧產生奇妙的平衡，讓人感到舒適。

這時，花紋藍黃相間的小魚們成群地從玻璃窗外游了過去，好幾隻還停駐在窗前，好像在看我們，有趣極了！形成了一幅與自然和諧相處的畫面。

我問老人：「這裡是哪裡？那些猴子在做什麼？」

老人告訴我：「這裡是島上最神祕的地方，叫做藏書閣。那些猴子們正在閱讀。這島上的猴子最喜歡一整天泡在這裡，一本書一本書地讀下去。」

老人告訴我，猴子們手中拿的長塊狀玩意叫做「書」，我說：「不，書不是長這樣的，書是用螢幕觀看的，一幕幕地掀開，就可以讀完了。」

老人嗤的冷笑了一聲，說：「這些才是真正的書。」

一張斗大的航海地圖懸掛在牆上，地圖兩側是以弧狀方式延伸到角落的木頭架子，木頭架子的高度直至天花板，架子上頭擺滿了老人口中的「書」。

這藏書閣的天花板相當地高，身處在這裡面，讓我感覺自己相當地渺小。

老人轉身，用有別於對待我的客氣口吻，對著林莉說：「麻煩妳了，尤斯金教授所編著的《海洋學》，二〇〇五年的版本，編號是Bc982-330。」

林莉點點頭，身手俐落地攀爬上其中一個白色階梯。

在這茫茫書海中，林莉一點也不畏高地從書架跳到另外一個書架上，迅速地找到老人所說的書，抱著那本書，緊接著拉著一條懸空的繩索，從上垂吊而下。這一切花不到一分鐘的時間，看得我瞠目結舌，半個字也說不出來。

我從林莉的手中取過那一個叫做《海洋學》的方塊，那方塊居然可以打開，裡頭還有一張張薄薄的東西，上頭印了許多字。

這就是書？這跟我以前所看見的書完全不一樣！

我不僅不明白，腦袋甚至是「真的」錯亂了！

老人介紹它，「這是《海洋學》，裡頭有著各種大海的知識，包括海洋的各種現象及變化規律，譬如世界各地的洋流、洋流的移動方向。」

老人又請林莉拿下另外一本書，看著林莉身手矯健地爬上爬下，我不禁佩服地連聲讚嘆。老人告訴我：「林莉為了成為一個優秀的圖書管理員，她很認真地學習識字，熟記每本書的位置。」

我好奇地問林莉：「每本書妳都看過嗎？」

老人將我的疑問用手語比畫給林莉看，林莉用手語回應。老人轉述給我聽：「讀懂的是三成，其餘的七成她認識書名和大概的內容。她感到很無奈，她很努力，但很多文字讀了依然不明白，她很羨慕我們這樣的人類。」

我想起老猴子先前說的，猴子的大腦和人類有先天上的差異，想想，身為人類真是一種很幸運的事，這島上的猴子們深深地想要像人類一樣地學習和思考，但人類卻放棄了使用大腦的機會。

回想起來，對我來說，我那個世界的人們只滿足於動動幾根手指或用語音模仿就能實現指令的行為，無異於原始的猴子。而這島上的猴子們反而活得像個真正的人類了！唉！

林莉忽然間興奮地比畫著，我不明白地問老人：「這是什麼意思？」

老人莞爾一笑，「她要向你介紹幾本她認為不錯的書籍。」

轉瞬間，林莉已經爬上挑高的書架上，又一眨眼，她已經站在我們的面前了。

老人接過林莉取下的好幾本書籍，邊向我介紹，邊對林莉讚不絕口地說：「這是《航海學》，呵呵，這本我也很喜歡，用圖文的方式介紹各種航海的技術，淺顯易懂。喔，這本是《天文航海學》。」老人將其中一本書的封面展示給我看時，露出他難得的笑容，「林莉，我和妳一樣，最喜歡這一本了，《馬可波羅遊記》。描述一個來自歐洲的商人遊歷到亞洲，又從亞洲回到歐洲的過程，他紀錄下途中所看見的點點滴滴，讓人產生想要冒險的勇氣和好奇心！」

我吃驚地告訴老人，「原來還有這些書！這些書在網路上找得到嗎？對了，只要登入國家線上圖書資料庫中，肯定找得到這些書的內容！」

我的話肯定又惹得老人不開心了，他惱怒地對我發飆，「除了你目前看見的書，其他的書都被那些人燒毀了！你們所學習的任何知識都是經過過濾的！他們不讓人民知道太多，剝奪你們學習的權利；更可惡的是，他們假借『進入高科技化』、『讓生活變得更便利快速』的名義，將人力逐漸淘汰，取而代之的是電腦系統，不靠人來行駛船舶，一船之長只要知道如何利用儀器設定航道即可，漁船只要根據系統偵測就能知道哪裡捕得到魚；但看似省力又方便的這一切，事實上都是他們的計畫，他們要讓人們喪失思考的能力。孩子，人不能沒有中心思想，否則隨波逐流，最可怕的是，遇到滔天巨浪，我們毫無反擊能力，只能任由巨浪吞噬。」

「他們是誰？」我不明白老人說的話是什麼意思，而他接下來說的每一件事，讓我更加地吃驚。

老人說：「他們是政府和藍洋電訊國際集團，這兩個邪惡的龐大組織。數十年前，電腦、手機、平板電腦已經相當盛行，到了人手一機的地步，那時候的手機不但可以通話，更可以透過衛星時時刻刻用低廉的價格連上網路，每個人的手上無不拿著最新型的網路手機，但藍洋電訊的野心不只如此，他們研發出一款叫做『膜力貼』的神奇貼紙，只要貼在通訊器材的外殼上，就能免費下載最新的試用軟體，這個軟體包含了汽機車導航系統、每日送餐服務、線上試衣模擬系統等等。當然光看這樣沒什麼吸引力，為了達成他們的野心與目標，他們打出『舊書換新知』的宣傳活動，只要拿出家中的書籍，不論老舊，就能換得『膜力貼』。這一招吸引了許多人，整個世界為之瘋狂，大家一股腦地把家中的藏書一箱箱送到藍洋電訊，當他們享受著最新高科技的同時，卻不知道政府暗地進行另一項更可怕的計畫。」

我聽得毛骨悚然，迫切地問下去，「什麼計畫？」

老人說：「自古以來，不論是發現新大陸，或是荷西時代，只要掌握住海洋，就等於是掌握住世界的霸權！而當家家戶戶沾沾自喜著獲得最高科技的便利與新穎的同時，政府開始燒毀所有關於航海、天文、海洋的種種知識書籍。你聽過一句話嗎？『不擅長航海的人，海洋是困住靈魂的牢籠；擅長航海的人，海洋是四通八達的道渠！』他們利用人心對於未知的恐懼以及惰性，一一說服船隻安裝導航系統，用速度和便捷性來矇蔽人們的判斷能力，但為時已晚了，漸漸地航海人已經忘記對錯是什麼，也忘了思考是什麼。

「在黑暗的天空中總是會有一顆星特別明亮，那顆星就是你的父親。我和你父親是同一艘漁船的船員，他從以前就喜歡讀書，只是苦於環境，沒有機會讀書、取得高的學歷。石偉暗中收集所有的航海書籍，就在國家圖書館一間間轉變成電子虛擬圖書館、就在書店一間間因生意慘澹關門，沒有人記得紙張的觸感是什麼，也忘了去深思閱讀過的每一段文字的意涵是什麼之後……」

我憤慨地問老人：「那該怎麼辦？就這樣任由他們擺布、操控人民的思想？把人民變成一個個不會動腦的笨蛋？」

「有一天，石偉拿出一本泛黃的新聞報導剪報簿給我，裡面是一些年代已久的新聞報導，石偉眼睛發亮地指給我看其中一篇報導。就是這一篇。」

老人從書架上取下一本圖畫紙大小的剪貼簿，翻開，我循著老人的手指看過去，唸出上頭的字：「神奇的黑塞利漩渦，進入奇幻世界的時空通道。一艘載滿五百多人的渡輪離奇地從漩渦中消失，其中三百多人離奇消失三天後，三天後又離奇地回來了。而根據這些人所陳述，他們抵達了一個毫無污染、猶如世外桃源的神祕島。」我吃驚地抬頭問老人：「這篇報導中的神祕島指的就是這裡？」

老人回答我：「是的。我和石偉透過各種方法找到其中的幾個人，一一詢問他們漩渦的經緯度，以及神祕島的模樣、島上的景觀等等，確定這是一個可以遠離藍洋和政府控制的世外桃源後，我和你父親改造了這一艘船，將所有的書藏在這裡。我們的船沒有安裝任何導航系統，以躲避他們的偵測和控制，靠著我們僅知的航海知識航行在大海中。」

我問老人，「結果呢？你們成功了吧？就這樣順利地逃到了這座小島上？」

老人像是陷入回憶，瞳孔忽爾放大，放大音量地說：「我們航行在大海中的第二天就遭到通緝了，我們被鳴槍要求停駛，好險石偉預先設想過這樣的情境，我們事先就將船改造成具備潛水艇的功能，順利躲避了緝捕。逃了近半個月，接近漩渦一萬海浬處，我們以為安全了，浮出了海面上，沒料到卻被一艘巡邏到附近海域的武裝軍艦發現！」

我緊張地問：「然後呢？」

老人露出驕傲的神情，說：「我和石偉都是跑船已久的浪人，船上向來都是來自世界各地的男人，我曾認識一位來自美國的水手，他教會我許多英語，矯正我華人的發音問題，也因為有了這個經驗，我用英語喬裝成美國籍的漁船，而石偉悄悄地升上美國的國旗。美國是世界第一大國，各個國家再怎麼強大也得畏懼他三分，我們就這樣被勒令驅逐，暫時逃過了危機。」

我聽出老人話中的意味，問：「什麼叫做暫時？什麼叫做勒令驅逐？」

老人幽幽地說：「我們並沒有因此而感到鬆懈，反而更加憂心。藍洋集團和政府絕對不允許任何人洞悉他們的祕密，要是我們的行蹤曝光，他們勢必會想方設法把我們除掉。只要不使用任何網路、通訊系統，藍洋就無法找到我們的確切位置，只能透過衛星拍照找出我們的定位。為了混淆藍洋的視覺，我們每天更換國旗，以及變換船身的名號，藉此欺瞞電腦辨識系統。就這樣，我們又躲避了近兩個禮拜，這時候距離漩渦不到五百海哩。」

事情發展到這裡，我忍不住大聲叫好。

老人卻愁眉不展地說：「眼看就要抵達漩渦了，一天早上，一艘無人戰鬥機朝著我們飛來，子彈如雨般落下，這攻擊來得既凶又猛烈，簡直就是要置我們於死地。我們被發現蹤跡了！」

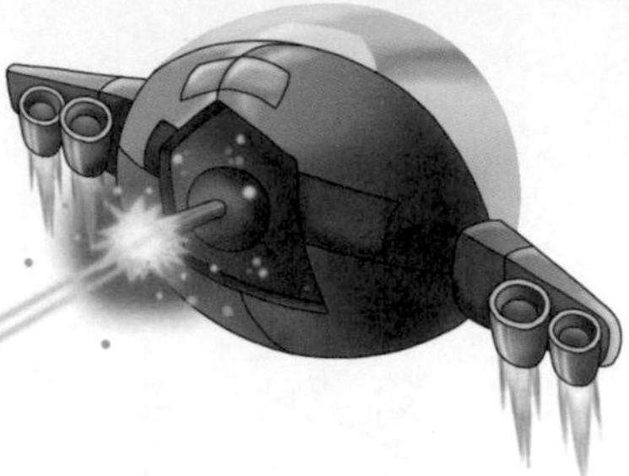

我激昂地說：「那些無人戰鬥機都不過是一些被機器操控的機器罷了！沒什麼好恐懼的！再想辦法欺瞞它們！」

老人說：「我們將船上的所有引擎熄滅，電源關掉，隱形起來。並將事先就安裝了動力引擎的救生小艇啟動運轉，將它放到大海中，只見無人戰機對著那艘救生小艇猛烈砲轟，直到小艇破成一只黃皮，癱軟在海面上，那無人戰機才滿意地離去。」

這時，老人忽然用一種悲痛的語調，盯著我瞧，瞧得我眼睛也像被滴了檸檬汁般地發酸。

5

浮球

等我和老人走出藏書閣，走到甲板上，老猴子已經乘著小船等我們了。

老人帶我緊急搭上小船，快速地回到碼頭邊，岸邊的沙地用紅線圍起了一個圓圈，圓圈裡放了一堆被漁網繫綑住的浮球。其他的小猴子們都圍在紅線外拉長脖子觀望，有的爬到樹上看，眼神中充滿了好奇。

老人穿越紅線，邊走邊隨手撿起地上的一根樹枝。

他用樹枝指著靠在碼頭邊的漁船上掛在船尾的浮球，告訴我：「島上的浮球一些是我們自行製造的，但大多數是那些被漩渦捲進來的船隻所帶來的。」

我問老人：「這些浮球有問題？」

老人用樹枝指著其中一顆浮球，對我說：「把它拿起來。」

我一上前，用雙手將那顆浮球捧起來的那一瞬間，就馬上感受到不對勁了。

我忍不住驚呼：「好重！」

這顆重如鉛球的浮球，是個假浮球！

它是假的……這裡為什麼會出現假浮球？我腦中立刻出現這個問題。

它出現在這裡的目的是什麼？接著，我產生這個疑問。

老人露出厭惡的表情，說：「半年前，我們在岸邊撿到這些假浮球。起先我們是抱持著不要浪費的心態回收這些浮球，漸漸地，我們發現這些浮球大有問題。」

我說：「從外觀來看，的確是一模一樣。」

老人用樹枝敲了敲我手上的浮球，說：「這是它們製造的探測器，具有拍照和錄影功能，偽裝成浮球的造型，好讓我們難以察覺。他們一直想找機會染指這塊土地，想方設法蒐集這座島上的資料，好一舉攻占這座小島，殲滅我們這群不受控制的島民，以及那些珍貴的藏書。」

老人說話的同時，我仔細觀察那顆浮球，注意到球體上有一個細微的小孔，我腦海中忽然產生一種不一樣的想法。

我將右眼貼近小孔，朝孔內一看，那裡頭深不可測，好似可以通到另外一個世界。我甚至想起一個可怕的可能性：會不會此時此刻，小孔的另外一端正有另一雙眼也正窺伺著我？這已經不是普通的拍照、攝影功能，而是進展成即時連線了！這種種想法讓我感到不寒而慄！

老人請老猴子將浮球扔到後山的垃圾堆中掩埋，用火燒、用土埋都可以，只要別再讓這假浮球出現眼前。但等到我將腦海中的聯想告訴老人後，這是頭一次，老人對我露出讚許的表情。

他對我說：「孩子，你具有一般人缺乏的觀察力，以及領導者洞悉事情的判斷力。我越來越看好你了。我期待你能夠改變這個世界。我真希望自己能活到那一天。」

老人先前對我說過的話，包括藍洋集團和政府的所作所為，都讓我仍處於一個震驚的狀態中，現在老人又告訴我，自己將是改變世界的人，天啊！這一切的一切，都像是夢境般的不真實！我只是一個平凡的少年，一個為了生計，放棄大好讀書機會的跑船人，我何德何能改變這個世界？

我忽然想起，這座島上除了老人，只看見我一個人類，其他那些像我一樣誤闖進來的人類呢？他們為什麼不留下來？這島上蘊藏著這麼多的祕密，這些祕密就像寶藏，越挖掘越讓我看清自己生命的本質，自己究竟是為什麼而活在這個世上。

老人向我解釋：「我們的存在對藍洋集團一直是心頭上的刺，他們想拔除，卻不知道該怎麼下手，這幾年來屢屢派船隻前來攻擊我們，但最終無一倖免於那道漩渦，就算不是全軍覆沒，也是一群像你這樣被救上岸、狼狽溼透的傭兵。這些傭兵沒有了武器就像失去了防護罩，對我們全盤托出，只希望我們能幫助他們回到自己的家。我們從來就不是要與人民為敵，與我們為敵的是藍洋集團和政府，我們當然告訴這些人朝哪個方向航行就能回到漩渦處。」

我告訴老人，「從我懂事以來，我還沒有聽過有誰是從黑塞利漩渦裡面回來的。那都是古老的傳言了。」

老人驚訝地問我：「沒有？一個都沒有？會不會是被政府封鎖了消息？漁夫呢？那些說要捕抓尼糠魚的船員呢？」

我搖搖頭，告訴老人，「就我所知，黑塞利漩渦在三年前被政府劃定為死亡海域，勒令所有漁船不准到此捕魚。但黑市內卻流傳著抵達黑塞利漩渦的地圖，讓我到此的船長就是到黑市購買地圖的，大家都是為了那稀有而昂貴的尼糠魚而寧願冒上生命危險的。」

老人一聽，告訴我：「每一個來到這裡的船員都說是為了追捕一種叫做『尼糠魚』的魚而被捲進漩渦裡，他們都被我們好好安頓，如果想走，我們不會強留。若是不想走的人，都到海的另外一邊了，也許在那邊重新展開新的生活了。孩子，那些說要走的船員們……真的一個都沒順利回去嗎？」

我點點頭。

老人眼皮垂了下來，用一種哀戚的口吻說：「我該把他們都留下來的。」

老人丟下一句話：「來，跟我走，我帶你看一些東西。」說完，老人往紅線外走去。

不只我，還有老猴子，以及那顆有著圓孔的假浮球。老人帶領我們到一間破舊的咕咾厝。門外曬著許多魚乾，迎著風，頂著雲，飄蕩著鹹海味。

老人推開木門，裡頭是陳舊的擺設，連桌椅滿是久沒打掃的灰塵。

隨著老人跨過門檻，走進更窄小的房間，老人將床座掀開，搬開地上的一只鐵箱，一扇小門就藏在這隱祕的地方。

老人拉起小門，煙硝味撲鼻而來。搧了搧，味道依然很重。

老人拾階而下，雖然烏漆抹黑一片，老人卻非常熟稔、毫不遲疑地往下走。

老猴子跟在我身後，一手抱著浮球，另一隻手輕輕搭住我的肩膀，帶給我無比的安心。

越往下走，燈光越明亮，腳下的階梯越來越清晰可辨。原來我踩的是石頭做成的階梯。

一個藏身在老舊破屋地下的研究室出現在我的面前，高科技的分析儀器、機器人手臂自動化地移動著、身穿實驗服的人在空中揮舞著手，虛擬的螢幕出現在眾人的眼前……我以為我回到另外一個世界了。

身穿實驗服的人轉過身，是一個年紀和我相仿的女孩子，皮膚很黑，長得很普通，不算好看，但卻有種親切的感覺。

她一注意到我們的存在，馬上停住手邊的動作，過來和我們打招呼，她熱情地抱了抱老猴子，笑開懷地說：「嘿！老傢伙，終於想到見我啊！」但一見到我，語氣直轉而下，有點冷淡，甚至對我有點敵意。她上下打量著我，不客氣地問：「這個人是誰？他怎麼可以進來這裡？」

老人向她解釋：「不准沒有禮貌，他是妳石偉叔叔的兒子。」

「石偉叔叔的兒子……石偉叔叔有兒子！！」那女孩驚訝地大叫，像是我不該存在這世上似的。她一下左歪著頭，一下右歪著頭盯著我瞧，嚷著：「石偉叔叔的兒子原來是長這樣子啊……石偉叔叔那麼高大威武，他的兒子這麼瘦又這麼矮，真難以聯想起來。嗯，那鷹勾鼻的確是有點像……」

我正想低聲問老人這女孩是誰，老人低低地吼了一聲，搶在我前面打斷了她的自言自語、自問自答：「佩佩，夠了。」

女孩挑了挑眉，點點頭說：「你好，我叫佩佩。」

老人拍了拍女孩，語氣中有一絲寵溺，「她是我孫女，我有兩個

果然聰明非尋常人的佩佩看出我的疑問，不等我開口就已經替我解答：「所有的機器都是人類所製造，記得你是使用機器的人，而不是被機器所使用，就能保持一個清醒的腦袋。」

我不明白，我問：「難道大家都不清醒嗎？」

佩佩告訴我：「人與人之間的情感是珍貴且無價的，機器的影像無法製造出觸摸所愛的人的臉蛋的真實觸感、機器無法取代和所愛的人一個有溫度的擁抱，人類可以，但人卻遺忘了親自用手摸、用眼睛看、用耳朵聽、用鼻子嗅，各種感官接觸的美好，久了，一部分的人的確是忘了運用那種美好的能力，有一部分的人發現自己忘了怎麼運用那些能力，甚至一再躲進機器的保護圈內，讓機器障蔽著自己內心的恐懼和脆弱。可是，事實上，人類是為了其他人類而製造機器，所以人類的情感是足以凌駕機器的操控之上的。意識到這點後，機器只是工具，而非目的地，頭腦就是在這樣的心情下變得清醒的。」

聽完佩佩的一番見解，我瞠目結舌，果真是老人口中聰明伶俐的小孫女。再注意看她，她擁有一雙清澈的褐色眼珠，高談闊論的時候，那褐色的眼珠像是這座神祕島上的繁星，具有迷人的神祕力量。

老人難得地露出笑容，「好了，都離題了，差點忘記我們下來這裡的目的。」

老猴子將浮球放在桌上，佩佩用一種調皮的口氣說：「無事不登三寶殿，我就知道！」

佩佩將浮球放進一個玻璃製成的平台上，啟動開關後，一道道掃描的光束掃過浮球，浮球的大小、內容物等等資料全出現在眾人眼前的大螢幕上。

佩佩用手操控著螢幕，將浮球的局部放大，如同我的發現，佩佩也感到那小孔出現得極為不尋常。

佩佩將那小孔放大再放大、放大再放大……放大再放大……

那依然是一個普通的黑洞，什麼東西都沒有。

我很洩氣，跟大家說抱歉，「對不起，可能是我多慮了。」

佩佩安慰我，「只要有疑慮，我仍會拆解這顆浮球，將它做個詳細的觀察，你放心，如果那些人真的想搞鬼，就算他們安裝了多麼精密的儀器，也逃不出我的銳眼。」

就在這時候，老猴子忽然激動地比手畫腳，示意要佩佩將那畫面縮小。

佩佩已經將畫面縮得如手掌那麼小，老猴子依然不滿意。

就在佩佩不斷地將畫面縮小再縮小、縮小再縮小……縮小再縮小……

什麼都看不見為止。

老猴子忽然走到開關處，將電燈全部關掉，整間研究室一片漆黑，除了儀表上的光亮。就在這時，佩佩驚叫起來，所有人都驚呼起來，包括我。

螢幕上透出一點渺茫如星星所發出的晶光……

一閃……一閃……一閃……一閃……

而這一點晶光就是從浮球的小孔所發出來的。

佩佩驚訝地大叫：「天啊，它在閃爍！」

我忍不住讚嘆地說：「是的，它的確在閃爍著，大家不覺得嗎？它閃爍的方式就像是夜空裡的星星，緩慢，卻有著一定的規律。」

老人下指令給佩佩：「檢查看看浮球周圍有沒有其他的小孔？」

佩佩按下儀器表上的按鈕，浮球在畫面中用著極緩慢的速度旋轉。

但我們什麼都找不到，只有那一個會閃爍發光的小孔。

那只小孔是做什麼用的？

我們一時想不透，但我們都相信，只要給我們時間，答案就會浮現。

6

學習

心目中的航海地圖。

白天，小猴子們帶我一起開舢舨船出海去捕魚。我的眼睛很利，哪些浮球是假的，我一眼就看得出來，我請小猴子們幫忙把那些假浮球搬運到佩佩的實驗室，讓佩佩拆解，研究這些浮球的作用到底是什麼。

幾天過去，佩佩的研究一如往常，並沒有新的發現，而日子並沒有太大的驚濤駭浪，老人教導小猴子們識字及數學等知識，我常常跟著一起聽課。上課是相當沉悶的一件事，我打瞌睡，就會有小猴子怕我被老人責罵，趁老人不注意時，用芭蕉葉搔我的後頸，讓我快醒過來。

最讓我們玩瘋的是益智遊戲。

老人會發想一個題目，

讓我們動動腦思考。譬如一個國家規定任何人都不能在國王的面前翻動任何東西，違者處死，偏偏一個使者來到這個國家作客時，不小心翻動了碗盤裡的烤魚。國王對這名使者感到抱歉，給他一個機會好捍衛住自己的生命，他說：「因為你遠道而來，我願意在處死你之前，贈送給你一個請求。你要我做什麼都可以，就是無法讓我饒恕你的死罪。」這個使者該怎麼做才能全身而退？這遊戲好玩極了！我們可以一整天都在猜想這個問題的答案，就這麼快樂且滿足充實地度過一整天。

島上有許多擱淺的船隻，許多是來到這座島上的人們所遺棄的。

有小船，也有大船，有貨輪，也有遊輪，也有拖網漁船、專門負責海上緝凶的海巡船，這些船隻有大有小，被安置在另一個碼頭。用麻繩綑綁的竹桿隔成了一個個空間，放置這些擱淺被遺棄的船隻，老人一一替我們介紹這些船隻的特性和噸位，以及馬力數。

當我學習到這一切的時候，知識不只是我所閱讀的那些書籍裡頭的文字，而是真真實實地出現在我的眼前，讓人感到喜悅。

這些知識就像是甘甜的飲水，我就像一個在沙漠中口渴許久的旅人，拉著老人問這個問那個，就為了解除我的口渴！

到最後，我不只想認識這些知識，我更想要親自運用這些知識！

我向老人提出開船的要求，老人用著一種滿意的口氣告訴我：「孩子，我就知道光是『知道』是無法滿足你的。明天，我會讓你嘗試實際開船的感覺。佩佩的那一艘小筏，我們就從它開始吧！」

聽見老人這麼說，我樂得簡直要飛上了天。

讓我開心一部分的原因是，老人的態度不若以往冷漠，這對我來說，是一種對我能力的肯定。

隔天，當我看到老人口中的「那艘小筏」時，有些意外，不，是非常意外。那是一艘非常非常簡陋的木筏，甚至連帆都沒有。

我不可思議地繞著那艘木筏打量，說：「妳靠著這個木筏來到這裡？」

佩佩驕傲地挑了挑眉，反問我：「不相信我啊？」

我怎麼敢質疑佩佩呢？但和我想像中的截然不同，我還以為佩佩當初是駕駛類似快艇之類的船隻來到這裡的。

我問佩佩：「只有這些木頭，沒有帆，怎麼使船移動？」

佩佩將一根木槳塞進我的手裡，對著我說：「靠這一根就行了！你是男生，力氣總不會比我小吧！」

被這麼一激，我脫掉上衣，打著赤膊跳進水裡，游上了木筏。

我昂著下巴對著佩佩說：「讓妳瞧瞧我的厲害！」我把木槳先扔到筏上，再爬上木筏。我拿著那木槳不知道該怎麼下手，放進水裡面瞎攪一番，木筏一動也不動，攪動的水流反而讓木筏翻轉了一圈，原本是背對著佩佩，現在是和佩佩大眼瞪小眼，既尷尬又丟臉。

猴子們都哈哈大笑，佩佩也笑得彎了腰。

「這就是你的厲害？哇！嚇死我了。」

佩佩的取笑讓我又窘又臉漲紅，但我怎麼可能就這麼認輸呢！

我轉了個身，冷靜下來，想起以前曾經待在輪機室，螺槳將水流捲向後方，是的，就是這樣的方式，讓船隻前進的！

我用木槳將水往船後用力一撥，再一撥，是的，我踏出了成功的一步。

我尖叫，我歡呼，我轉頭看向佩佩，她對著我豎起大拇指。老人卻皺著眉頭。

我滿心充盈著自信心，歡呼著將木筏划離岸邊。

從以前到現在，我總是站在船上，任由船劃過大海，船身兩側滾起綿密如泡沫的浪花，我就像是征服了大海的勝利者。如今，當自己坐在這艘木筏上，這麼近距離地感受著水流的脈動，感受著載浮載沉的恐懼感，但隨之帶來的是驚喜感，我發現自己和大海是如此親近，它是我的朋友，認識它、瞭解它，它便不如此恐怖了。

很快地，岸上的大家越來越小，我開始看不見大家了，我想起一件事：我該怎麼回去？這是一個很好的問題！我想這就是老人皺眉頭的原因吧！

想想，我骨子裡就流著自以為是的血液吧！

猴子們噗通跳下水，大家游在我身旁，想要推我一把，把我的木筏推回岸邊，我要大家住手，我雙手交叉在胸前，用手勢要大家別幫我。

我不可能讓人幫我！你們明白嗎？團隊合作是一回事，但如果依賴同伴的幫助，我一個人是不可能成長的！我決定靠自己的思考找出解決的方法。

我再度冷靜下來，想起昔日在船上的記憶，船是怎麼轉向的？船是用舵來轉向的，可現在我沒有舵，我該怎麼辦？舵的原理是什麼，我想起書籍上所寫的，那是根據轉舵的同時，製造流速快和慢之間所形成的壓力差。我馬上用槳在船的右側用快速划動的方式製造了一個角度，讓船緩緩地往左偏移，再慢慢地修正角度，回正，成功了！

感染到我的喜悅，猴子們在我的木筏旁邊游來游去，非常雀躍。

我奮力地划回岸邊，肩頸因為施力的關係，痠疼不已。

這下子，不僅是佩佩，連老人也對我露出佩服的表情。

我愛死了那木筏。有時候，我會將木筏划到海中央，讓它順著水流，任由水流將我帶往海的任何的一個地方。有時候，我一手拎著手電筒，一手在這無邊無際的大海中央閱讀書籍，享受著只有浪聲、風聲陪伴的夜晚，有些魚像是惡作劇般地會從木筏底下竄跳出來，還有些魚會跳舞，在空中旋轉好幾圈後，用曼妙的姿態滑進水裡。海上的生活一點也不無聊，甚至讓人更加專注地注意到這些大自然小細節的美好。

這天的深夜，我又一個人乘著木筏漂流到海面上，我看著天空的星星，胡亂地回想著爸爸，想著那些跑船的生活，想著老人說過的一切，想著這世界已經被藍洋集團給操控了，想著或許就這樣生活在島上好像也是件不錯的事。

忽然間，我看見一道流星劃破天際，在漆黑的天空中燃起火紅的焰光，緊接著朝著海面以美麗的弧線滑落。

在這個沒有光害的島上看見流星並不稀奇，但接下來發生的事情就令人感到奇特了！流星墜入的那個方向，居然緩緩地升起一顆圓點，被難以數計的光束團團纏住包圍著，那些光束彎來彎去，就像是有生命的藤蔓。

這現象實在太詭異，我趕緊划著木筏衝向那光點，想一探究竟。

我奮力地划，奮力地划，等到我划向那光點時，那光點已經漸漸地從海面上朝著天空緩緩飛去。

在那光束瞬間消逝的前一秒，我看見了那顆圓點的模樣。那是一顆浮球！本該浮在水面上的浮球居然騰空飛起！

更讓我驚奇的是，那浮球上也有一顆小孔。那小孔就像是一隻眼睛，一邊緊緊地死死地盯著我，直到它變成千萬繁星中的其中一顆星星。

我卻依然感覺它仍不放過我，仍然緊盯著我瞧！

那種感覺……似曾相識。

我想起了研究室裡的浮球，同樣帶給我這樣的戰慄感。

快速地回到島上，老人已經睡了，我狂敲老人住處的門。

我將自己的發現告訴老人，老人帶著我將佩佩喚醒，這一切，我們所有人都難以入眠，彷彿有一個祕密要被我們揭開了。

而我們承受得住這個祕密嗎？

我們有能力可以應付嗎？

腦袋千思百轉，依然抵擋不住三個人的一肚子好奇。

來到研究室，佩佩拿出這幾日她拆解浮球的報告給我們看，她說：「它和以前那些偽裝的浮球構造沒有兩樣。」

我堅決地告訴佩佩：「不，一定有哪裡不一樣！我親眼看見的，有孔的浮球有自動修補的功能。」

佩佩也被我的語氣感染，毫不遲疑地答應我，「我會找出來，再給我一點時間。」

大概是我的語氣過於堅定與恐懼，老人帶著一大群猴子開始打撈海面上的浮球，所有有孔的浮球全都送到了佩佩的研究室，提供給佩佩拆解和研究。

這晚，佩佩忽然在研究室裡大叫起來，老人和我正在戶外散步，我們一邊散步，老人一邊告訴我他和爸爸當年在海上發生的點點滴滴。

聽見佩佩的尖叫聲，我們趕緊從沙灘衝向研究室。

發生了什麼事？

這座島上向來是平靜的，這座島上向來是祥和的，這座島上向來是樂天知命的，這一聲尖銳的叫喊聲，就像是一把利刃狠狠地從鐵板劃下，發出令人萬分不舒服，甚至是起雞皮疙瘩的聲音。

一些猴子們已經比我快一步地聚集在研究室外，紛紛露出緊張不安的表情。穿過他們，我和老人發瘋似的摸黑就往階梯下走去。

一走進研究室，那些被送來研究，尚未被解構的浮球一顆顆浮在半空中，球體被光束緊緊纏繞著，和那晚我所看見的情景一模一樣！

光束消失，浮球們彷彿受到召喚似的，全朝著階梯的方向移動。

我們追了上去，浮球從木屋的窗戶飛出去，眾目睽睽下緩緩地向天空飛去，直到變成一顆顆星星，高高地懸掛著，令人無法用雙手觸及的高度。

老人反應激烈地追著那些浮球跑，伸手想抓那些浮球，而它們就像狡猾的生物，一下就從人類身高的高度竄到伸手也無法觸及的高度。

一隻年輕力壯的猴子爬到樹上，用力地拉著樹藤，朝著半空中一盪，身手俐落地抱住一顆浮球，跌到了地上。正當大家歡呼時，而那浮球居然載著他浮了起來，繼續朝著天上飛去。

「快下來！」大家比手畫腳地對那隻猴子呼叫，他摔進了海裡，一身濕答答，打了個噴嚏，無能為力地看著浮球一一離我們而去。

我問佩佩事情發生的經過，佩佩告訴我，她不小心碰觸到孔內的某個晶片，那晶片讓浮球緩緩升空。

佩佩不可置信地對我說：「它們不只偽裝成浮球，它們進化成了偽裝星星。」

我想起自己夜晚所記錄的星象圖，意外地發現：「我們以為星星變多了，其實是監視我們的衛星變多了。」

佩佩忽然低下頭，雙手緊握著拳頭，不服輸地低吼著：「我研究了那麼久，為什麼沒發現這一點，我竟然沒發現這一點……」

老人朝海浪拍打沙灘的聲音方向衝去，抵達沙灘，他雙腳跪在沙子上，指著天空那些繁星，用一種夾雜忿忿不平與無力的語氣吶喊著：「那些星星……被入侵了……有些是假的……我竟然現在才發現……不……不……我為什麼沒發現……天，我的天，它們偽裝多久了……」

那些星星中混雜著假星星。

高掛在天際，日夜不休地監視著神祕島上的所有一切。

「我們終究是輸了嗎？不，不，我努力了這麼久……」

老人一邊老淚縱橫，一邊跪著，用拳頭用力地搥打著沙地。這沙灘上的礫石形狀大小不一，有些踩在腳底下不舒服，我想，老人的雙手一定很痛！就好比……他的心那麼地痛！

眼前的黑夜忽然一片通明，一道道白光從遠方的星星們（不，我該改口為監視通訊機）照射過來，那些光像是找尋什麼似的胡亂飄移，有些打在我們的臉上，刺得我們睜不開眼，漸漸地那些光穩定下來，聚集在大海上。

我們走進了海裡，一開始雙腳好冰，漸漸地海水變成溫暖的觸手，包圍著我的雙腳。我們緊緊拉著彼此，不讓對方跌倒。

走近一看，那波光粼粼的海面成了螢幕，出現了一個年輕人的臉。年輕人梳著乾淨而簡短的髮型，眼神很晶亮，顴骨很高，嘴唇很薄，不說話的時候卻是一種瞇著唇眼微笑的表情。

年輕人對我們說：「我等待這一刻已經很久很久了……藍洋科技

集團始終以人性為起點，用科技打造未來，所做的每一個努力都是為了讓全人類擁有更便捷更快樂的生活。」

佩佩不以為然地說：「少來這一套說辭，用來欺騙你那個世界的人們吧！」

老人對著年輕人低吼著：「偽善的騙子，打著為全人類造福，卻是用虛假的幻影，將全人類當作笨蛋耍的一群騙子。你們只顧著滿足自己荷包，根本不是為了人類著想！」

年輕人露出無辜的神情，「很遺憾你們是如此誤解我們。不過，我們很樂意解決兩方的誤會，共同創造美好的未來。和平，都是彼此的希望，對吧？相信今天你們已經知曉了一件事，那就是藍洋集團的科技遠遠領先於你們，咳咳，不好意思，容我這麼形容，一群落後的原始人，噗，還有猴子，對，那些猴子們。你們的一切早就在藍洋集團的眼皮底下一覽無遺，不願意發動戰爭，那是因為我們愛島上所有的人們，噗，還有那些動物們，我們不想傷害任何生命啊！」

佩佩露出噁心的表情，低聲對我說：「這些虛偽的話，聽得我真想吐！」

老猴子跳到海面上，將屁股放在年輕人的臉上，我和佩佩都摀著嘴忍住笑意。

年輕人像是嚇到般對著旁邊的人說：「怎麼搞的？那隻蠢猴子在做什麼？這樣他們還看得見我嗎？往右移，往右移，對，」年輕人邊下指令，海面上的影像邊往我們的右手邊移動。老猴子跟著移動，在年輕人臉上跳來跳去，年輕人壓抑不住怒氣地說：「夠了！我懶得和你們這種沒有智慧的動物們溝通了。」

年輕人板著臉孔說：「燒掉那些書，否則我們會讓那座島發生一些『很好』、『很令人驚奇』的事。」

瞬間，所有的光熄滅，只剩下海浪聲，以及那滿天的繁星。

老人沉住氣，用很穩定的口氣，告訴我們：「他們過不來的。如果他們真的過得來，怎麼會用這種假星星來蒐集我們的資料。」

佩佩也重新恢復活力，她按住我的肩膀說：「我們不怕他們監視我們，因為，正義的心是坦蕩蕩的，智慧的腦袋是難以捉摸的。我們會勝利，因為我們有正義，我們有智慧。」

瞬間，我發現佩佩的眼睛發出明亮的光，那耀眼的強度吸引得我移不開眼睛。

我忍不住哼起老人曾經唱過的那首慢歌：

回家的路啊！故鄉的人們啊！如果沒了北極星，就永遠找不到回家的路啊！家啊家啊！北極星，請你不要熄滅，請你帶我回家，回到那有母親的家。

我指著天上的星星，告訴老人，也告訴佩佩，我說：

「即使滿天都是虛假的星星，只要有一顆是真的，而那一顆，將永遠被我們所凝視著，我們就能找到回家的路。」

7

離開

船隻在我的掌舵中緩緩前進，航向老人所指派的各個地點。

直到有一天，老人告訴我：「你不再是一名學生了。」

我不明白地說：「我學得還不夠多！」

老人問我：「船上的書籍都看完了嗎？」

我點點頭，「不但看完，我全都看懂了。」

老人又問我：「這座島上能教你的都教了，孩子，你需要的是真正地航行一艘船，你才能成為一個真正的航海人。」

我知道，這座島上的棄船們無法提供我練習的機會，我也知道這艘小木筏能讓我練習的機會有限，可是，離開了這裡，我又該去哪裡？

老人告訴我：「你該離開了。回到你的世界去。唯有在真正的危險中才能激發出你的潛力。孩子，你是大海的兒子，你是呼吸著大海的脈搏所生，別人需要導航才能前進，而你，你不需要，思考就是你的螺槳，勇氣就是你的木槳，再高聳的礁岩，也只會訓練你謙卑；再鬼祟的暗流，也只會鍛鍊你的謹慎小心；再大的激流，也只會激發出你的鬥志和意志力；孩子，乘風破浪前進吧！」

老人從口袋拿出當初將我沒收的手錶，他親手替我戴上。我偷偷瞄向他的眼，老人的眼中閃動著晶亮的光芒，是淚嗎？我不曉得。老人對我說：「時候到了。」

說完，老人突如其來地抱著我。這是他第一次，讓我感受到他的溫度，以及，隱隱顫抖的雙手。

能得到老人的肯定，我不自覺地流下喜悅的眼淚，回抱顫抖的雙手。

老人替我準備了一艘船隻，那是一艘救難船。

可能是有人為了搜救罹難船隻所來，卻不幸跟著罹難，漂流至神祕島。

老人介紹著救難船的特性：具有自動扶正的安全措施，即使在巨浪中，依然能夠像不倒翁般保持著。即使翻覆，也能夠自動回正。

船上備有馬達及導航系統，我不打算使用，而只想使用備用的搖槳。

就這樣，和島上這群就像家人般的朋友們道別，我踏上了回家的路。

我根據這段日子在島上所畫的星象圖，多虧了潘恩新七十三號，和石泰峰一號（還記得那個被我發現的假浮球嗎？當它變成天上的一顆星星時，老人將它命名為石泰峰一號），讓我朝著黑塞利漩渦的方向直直地航行而去。

在一個下雨，風浪驟然變大的夜晚，老人替我準備的食物，好幾袋掉進海中變成魚的食物。為讓食物不虞匱乏，我開始用猴子教我的捕魚術獵食，好讓自己時時存有足夠的糧食。

在這趟航行的路途中，寂寞和體力是兩項最折磨人的考驗。

但只要望著天空的星星，想著那些美麗的星星隱藏著陰險的計謀，我就唱起老人的那首歌，鼓舞著自己。

一個禮拜後，那久違的漩渦終於又夾帶著狂風暴雨出現在我的面前了。

我對著它大喊：「來吧！我們戰鬥吧！我會征服你的！」

當那巨大的吸力將我的小艇吸進去時，我用繩子將自己和小艇緊緊地綁住。船身不斷地往左傾斜，成了垂直，我抓住船身，那巨大的吸力像要吞噬我般，可是我說什麼也不會放手的！

只要不放手，人類就會有一絲希望！我滿腦子都是這樣想的！

當漩渦重重地將小艇扔到了另外一邊時，我開始嘗試讓身子隨著漩渦的方向擺盪，當它將我往左邊扔時，我的身子就往右邊輕盪；當它將我往右邊扔時，我的身子就往左邊輕盪，一來一往，居然形成了一種奇妙的默契。

等到我再次醒來的時候，我人已經被一艘貨輪救起來。據那船長所說，我已經昏迷了足足一個禮拜，可以想見和漩渦的那場戰爭消耗掉我多大的體力和耐力。

我回到現在的這個世界了。如同各位所見的，我就站在這裡，我回到這個世界了。

救了我一命的船長叫做藤三，他是一個日本老伯伯。他非常好心地願意將我載往最近的港口，但航行沒幾天，他抱歉地告訴我，他的船隻的動力導航裝置毀損，目前已經通報藍洋集團，等待修復中。在修好之前，船隻只得暫時在海面上休憩了。

我問他，這船上有沒有望遠鏡，藤三老伯哈哈笑說：「這年頭沒有人用望遠鏡了。」

我難掩失望，不過藤三老伯似乎想起什麼地說：「等等！」接著他從倉庫內找出一把相當老舊的望遠鏡。

我透過望遠鏡，觀察星象，指出北方在哪裡，西方在哪裡，而最近的港口在哪裡，藤三老伯對我露出佩服的表情。

老伯用一種感慨的眼神望著我：「真是懷念從前那種事必躬親的日子啊！」

我知道，這世界還有一絲希望的。

於是我跟在藤三老伯的身邊跑船，兩年後，老伯心臟病發作離開人間。老伯離開後，我輾轉到了另外一間小型的船公司跑船，一年後順利取得船長的資格。

我使用船公司所配備的導航系統，同時，我嘗試瞭解這些導航系統是怎麼運作的，但更重要的是，每當這些導航系統替我作出判斷前，我一定先搶在它之前做出判斷。讓自己不斷地保持獨立思考的能力，是我重新回到這個世界的功課。

四年前，我便已經注意到引水人的職業，被導航系統全數取代了。

是的！我是故意挑戰藍洋集團的！

明知道，這是一個終將廢棄，而眾人所遺忘的考試，但我還是想要嘗試，因為我要讓藍洋集團的人知道，這世界上並不是所有人都那麼愚昧無知的！

8

真相？

現場所有的記者和攝影師們一愣一愣的，沒有人說話，好像說什麼話都不對，大家都很安靜，直到紀筱君開口，依舊用她那一貫的優雅口吻說：「很棒的故事，真的很棒，很精彩。」

紀筱君的話就像是解除定身術的魔法，那些記者們開始哄堂大笑，直說：「真的很精彩，很像小時候聽過的童話故事，好魔幻呢。」有人則是提出疑問：「我還是聽不出所以然，到底回去要怎麼寫報導啊？」

紀筱君對著空氣一揮手，一張電子螢幕出現在眾人面前，畫面中一個身穿警官制服的男人用嚴肅的口吻說：「考試部通請我們，以作弊罪名立即逮捕你。」

眾目睽睽下，眾人驚譁下，石泰峰被埋伏已久的警察一擁而上，戴上電子手銬。

石泰峰昂然地反問：「你們有證據嗎？」

螢幕中的警官迅速地回答，彷彿有備而來，「當然，小子，我們已經掌握了非常完整的證據。」

石泰峰毫不畏懼地與他對視，「在我來到這裡之前，你們已經計畫縝密了。我違抗，就會被以拒捕的罪名逮捕，甚至是格殺勿論；我接受，就是承認我犯下作弊罪名。不論是哪種結果，都不會影響真相。」

「感謝你，小子，拒捕是無濟於事的。」警官踐踐地帶著笑意，一個命令下，其他警察部下包圍著石泰峰，欲將他帶上警車。

石泰峰抬頭挺胸地跟隨警察們的腳步，正要走進警車時，一名男記者忽然拉著車門，對警察嚷嚷：「證據呢？好歹給我們看證據。大哥們，不要讓我們回去難交代。」

這時，其他的記者們開始哄然，擋在車門前，不讓石泰峰離開。

螢幕中的警官見情勢難以掌握，為難地說：「我們在考試現場拍攝的影片，非常明顯的，石泰峰用藏在耳朵內的電子儀器和外面的人商討答案。不過很抱歉，這牽涉到司法案件，我們無法透露這些影片給各位。」

這樣的回答顯然讓這些記者們相當不滿意，他們開始騷動，和警察產生推擠，一下子好幾個記者被推倒在地，連攝影機都摔在地上。一發不可收拾。

警察們蠻橫地將石泰峰推進車中，迅速地關上車門揚長而去。

電子螢幕也在一瞬間消失，彷彿什麼也沒發生過。

記者們拔腿追趕，卻瞬間被遠遠地拋下，只能望著變成光點的警車叫囂、咒罵。

就像蒼蠅，沒了這塊肉，大不了找另外一塊肉。這些記者飛速地將注意力轉而集中在紀筱君身上，剎那間鎂光燈四起。

紀筱君像是等待已久的輕輕咳了咳幾聲，睜著明亮的圓眼，對所有記者們微微一笑。

她眉宇間透著自信地說：「藍洋集團對於爆發這樣的作弊案件相當地遺憾，對藍洋集團來說，取代人力並不是刻意要製造失業率，而是希望讓人類擁有更美好的生活。如果被有心人士操弄成這般的想法，我們是絕對不容許的！對了……那個關於什麼島啊、猴子啊的故事真是蠢斃了，請將那一段從報導中刪除掉，謝謝！」

晚間，石泰峰被關進了拘留所，被關在容身一人的拘留室內。

門被打開，警察對石泰峰說：「你有訪客。」

緊接著，石泰峰被帶往另一個密閉的小房間，他走進去時，看見媽媽和德叔坐在裡頭。他看見媽媽時，嚇了一大跳。

他還來不及回到家，就被逮捕。這些年來，他始終於世界各地航海，一年見不到母親幾次面，石泰峰見到母親，一下子愧疚和思念全湧了上來，忍不住紅了眼眶。

媽媽淚流滿面地握住他的手，「媽媽相信你不會作弊。不論大家怎麼說你，媽媽相信你！」

德叔嘆了口氣，「那些人說不會公布影片，好啊，現在整個電視台都是影片，說是什麼不小心洩漏出來的。」

石泰峰用一種疑問的口氣問：「影片？」

德叔點點頭，「你作弊的影片。可是我從頭到尾就是沒看見你的臉，都是背面。我沒讀過什麼書，可是我還有一點判斷的能力，依我看，那是他們造假的。」

石泰峰冷靜地說：「可是，這世界上仍有大多數的人信以為真。」

德叔忽然問他：「阿峰，你說的那個神祕島真的存在嗎？你從沒有告訴我這件事。你消失的那段時間，真的是去了那裡嗎？各家電視

了嗎？」

石泰峰望著他的手錶，說：「是時候了。」

9

對抗？

夜晚，晚餐時刻，各大電視台播放著石泰峰作弊的影片，忽然間，影片換成了另外一支影片。

畫面中的石泰峰一臉驚訝，門邊傳來陣陣的吱吱聲。石泰峰看向門邊，門邊擠了好幾隻小猴子，他們睜大著眼，目不轉睛地盯著一樣東西。

那些小猴子的視線移到天花板又移到地板，又移到窗邊。

影片很簡短，一開始在網路上播放時，並沒有引起太多人的注意。

但就在石泰峰事件爆發後的第七十六天，一艘貨輪在進入港口的時候，由於導航系統的判斷錯誤而硬生生撞上碼頭，船上的貨物幸運地毫無毀損，但船首卻撞毀了。港口封閉三個月，清理漂流海面的船隻殘骸，任何船隻無法進出，造成經濟上莫大的損失。

港口向船長索賠，船長跳出來指控整起悲劇起因於導航系統的錯誤判斷，卻被藍洋集團以毀謗罪名起訴，三造大打官司。

這起糾紛本只是眾多新聞中毫不起眼的一則法庭案件，不料正巧被一位年輕人注意到。年輕人想起曾盛囂一時的石泰峰事件，想起石泰峰口中指控藍洋集團的點點滴滴，一時興起將石泰峰用手錶藍光和猴子互動的影片從茫茫網海中找出來。

年輕人起先將影片上傳到網路與朋友們分享，卻引起了所有觀看過這支影片的人喧嘩。

眾人不禁懷疑地問自己：「我們真的『一定』需要藍洋集團嗎？」

甚至有人提出質疑：「我們真的都被集團和政府聯手欺騙了嗎？那個原始的神祕島是否真實存在？」

迅速地，一個月內，世界各地竄起了小規模拒絕使用藍洋科技集團所有產品的行動，包括電視新聞台、銀行匯兌功能、電子通訊系統，以及陸上導航系統、航海導航系統；甚至有人發起抗議行動，要求政府無罪釋放石泰峰……

彷彿一朵朵煙花從各地啪吋一聲冒出了火光，燃起每一個人心中的憤怒之火。

政府說，石泰峰因不知名急病死亡，整起案件早已結案；藍洋集團則在各新聞電視台上表示，對於一條年輕生命的驟逝感到莫大的哀傷，希望抗議行動盡快落幕，讓世界重拾平靜的生活，步回昔日的穩定軌道。

各地的煙花怒火持續地燃燒著，有的地方熄滅了，有的地方反而燃燒得更旺盛了，石泰峰卻就這麼從眾人的眼皮底下消失了。

據傳，有人再次看見他的時候，形容他站在一艘巨大的船艦上，而那兒正是前往黑塞利漩渦的必經航線。他站在甲板上，迎著風、頂著雨，帆颯颯地拍打著，彷彿風雨中響起了戰鼓的聲音。身後是一艘艘船艦，猶如一支行軍有序的隊伍，抖擻著精神，在一團迷霧中朝未知但堅定的方向前進著……

九歌少兒書房 241

再見，神祕島

著者	王　華
繪者	李月玲
責任編輯	鍾欣純
創辦人	蔡文甫
發行人	蔡澤玉
出版發行	九歌出版社有限公司 臺北市八德路3段12巷57弄40號 電話／25776564・傳真／25789205 郵政劃撥／0112295-1
九歌文學網	www.chiuko.com.tw
印刷	晨捷印製股份有限公司
法律顧問	龍躍天律師・蕭雄淋律師・董安丹律師
初版	2014（民國103）年11月
定價	**260元**

書號　0170236

ISBN　978-957-444-967-5

（缺頁、破損或裝訂錯誤，請寄回本公司更換）

國家圖書館出版品預行編目(CIP)資料

再見，神祕島 / 王華著 ; 李月玲圖. -- 初版. -- 臺北市 : 九歌, 民103.11
面 ;　公分. -- (九歌少兒書房 ; 241)
ISBN 978-957-444-967-5(平裝)

859.6　　103019238